Sammlung Vandenhoeck

V&R

Evelyn Heinemann

Hexen und Hexenangst

Eine psychoanalytische Studie
des Hexenwahns der frühen Neuzeit

2., überarbeitete Auflage

Mit 13 Abbildungen

Vandenhoeck & Ruprecht
in Göttingen

Meiner Mutter und
meinen Großmüttern gewidmet

Die Deutsche Bibliothek – CIP-Einheitsaufnahme

Heinemann, Evelyn:
Hexen und Hexenangst: eine psychoanalytische Studie
über den Hexenwahn der frühen Neuzeit/Evelyn Heinemann. –
2., überarb. Aufl. – Göttingen: Vandenhoeck & Ruprecht, 1998
(Sammlung Vandenhoeck)
ISBN 3-525-01442-2

Umschlagabbildung: Francisco Goya, *Mucho hay que chupar,*
Radierung (Ausschnitt), mit Raster nach Roy Lichtenstein

Satz: Fotosatz 29b, Göttingen
Druck und Bindung: Hubert & Co., Göttingen

Inhalt

Einleitung

»In die Schaulustigen kam Bewegung. Zwei offene Karren, von Pferden gezogen, bahnten sich einen Weg durch die Menge, während Amtleute die ›armen Sünder‹ die Rathaustreppe herabführten. Der Bannrichter und der Stadtunterrichter verließen die Gerichtsschranne und stiegen auf ihre Pferde. Gehilfen des Scharfrichters hatten inzwischen einen Kessel mit glühender Holzkohle herbeigetragen, der vor dem Rathaus in einem von Schergen abgegrenzten Bezirk abgestellt wurde. Man führte die Verurteilten auf diesen freien Platz. Der Züchtiger prüfte die Reißzangen, große eiserne Scheren, die mit ihrem vorderen Teil in der Glut des qualmenden Kessels steckten. Dann trat er vor Anna Pappenheimerin, packte ihr Leinenkleid mit beiden Händen am Kragenausschnitt und zerriß es mit einem Ruck, indem er es über den knochigen Schultern der alten Frau bis zum Gürtel herabzog. Auch den anderen Gefangenen wurde auf ähnliche Weise der Oberkörper entblößt. Mit gesenktem Blick oder schreckgeweiteten Augen standen sie blaß zwischen ihren Bewachern. Die Menschen auf dem Platz, von denen nur die nächststehenden diesen ersten Teil der Urteilsexekution sehen konnten, reckten die Köpfe, drängten sich zum Ort des Geschehens, mußten von Berittenen zurückgehalten werden …

Der Züchtiger zog die erste der glühenden Zangen aus dem Kessel und riß damit dem gräßlich aufbrüllenden Paulus Pappenheimer sechs tiefe Wunden in Arme und Oberkörper. Schon hatte er das nächste Gluteisen in den Händen und vollzog die grausame Strafe an Gumprecht. So wurden nacheinander alle Malefikanten ›gerissen‹. Zuletzt schnitt der Scharfrichter Anna Pappenheimerin die Brüste ab …

Nach den Berichten von Chronisten wurden die abgeschnittenen Brüste sowohl Anna selbst als auch ihren beiden Söhnen ›ums Maul gerieben‹. Dann packten Amtleute die geschundenen Malefikanten und stießen sie auf die bereitgestellten offenen Karren …

Inzwischen hatte sich auf dem Marktplatz in einer von Zuschauern freigehaltenen Gasse ein prozessionsartiger Zug formiert. Auf das von Gehilfen des Scharfrichters gegebene Zeichen, das sich auf die Abfahrbereitschaft der Armesünderkarren bezog, setzte er sich in Marsch. Voran ging einer der Münchner Bettelrichter, ein großes Kruzifix vor sich her tragend. Dahinter ritten städtische und herzogliche Amtleute mit Seitengewehren und Ledergurten zum Zeichen ihrer Gewalt …

Droben auf dem Galgenberg herrschte Gedränge und Volksfeststimmung. Amtleute und Kornmesser hatten Mühe, den Bereich um die sechs gewaltigen Scheiterhaufen und den ›Prechen‹ von Neugierigen freizuhalten. Längst hatte der Armesünderkarren die Höhe erreicht, aber noch immer strömten Zuschauer in dichten Scharen von München herbei, weshalb der Bannrichter mit der Eröffnung der Exekution noch wartete … Da ertönte der Ruf ›Stille! Stille!‹ über den Platz. Das Lärmen der Menge, das Rufen, Singen, Lachen und Murmeln erstarb, und alle Aufmerksamkeit der Anwesenden richtete sich auf die weithin einsehbare Kuppe des Galgenberges, wo Christoph Neuchinger sich aus der rechts von den Scheiterhaufen wartenden Gruppe Berittener löste und sein Pferd in die Mitte des Hügels lenkte. ›Ich befehle dem Züchtiger, seines Amtes zu walten‹, rief er mit weithin vernehmlicher Stimme, ›und verkünde ihm Frieden und sicheres Geleit, was immer ihm widerfahren soll!‹ … Der Scharfrichter und einer seiner Gehilfen schleppten Paulus Pappenheimer zu dem auf die Erde gezimmerten Balkengatter, legten ihn darauf, banden ihn an Händen und Füßen fest. Dann nahm der Züchtiger mit starken Armen das bereitliegende Rad, ließ es erst auf den rechten, dann auf den linken Arm des Verurteilten fallen. Mit knackendem Geräusch brachen dem Armen die Knochen, laut stöhnte er auf …

So verfuhr man auch mit den anderen Malefikanten. Nur Anna blieb vom Rad verschont. Aus Gründen, die tief in der mystischen Symbolwelt liegen, durften Frauen nicht gerädert werden … Dabei hatten sie sich für Paulus Pappenheimer … sogar noch etwas Abscheulicheres ausgedacht: die Spießung. Dies war eine der widerlichsten Strafen, die sich menschliche Phantasie je ausgedacht hat, und selbst zur damaligen Zeit kaum noch gebräuchlich … Welches also geschieht, man steckt einem ein sehr spitzig Holz s.v. in den Hintern, welches mitten durch den Leib, und bisweilen durch den Kopf, auch wohl bei dem Halse wieder heraus gehet. Dieses Holz wird umgekehrt in die Erden gepflanzet, so daß die armen Leute etliche Tage in größten Schmerzen, als immer zu gedenken sein mag, lebendig bleiben, ehe sie sterben … Paulus Pappenheimer mußte sie jedoch erdulden … Der Aufschrei des Gequälten muß den Zuschauern, die in dichter Menge den Galgenberg umstanden, durch Mark und Bein gegangen sein.

Den gräßlich Stöhnenden, sich am Boden Windenden packten die Hände zweier kräftiger Schergen und schleppten ihn über die an den mittleren Scheiterhaufen gelehnten Holzbohlen, um ihn oben auf dem Reisigstoß gefesselt liegen zu lassen. Dann wurde Anna auf den daneben aufgebauten Haufen gezerrt und auf einem Holzstuhl gebunden, den man dort zwischen den Reisigbündeln verankert hatte … Pechfackeln wurden entzündet und rasch hintereinander in das dürre Reisig der sechs Haufen gesteckt … Unter das Prasseln des Feuers, die erregten Rufe aus der Menge, das leiser werdende Schreien und Husten der Gepeinigten mischten sich laut und monoton die Stimmen der

Abbildung 1: *Verbrennung der Hexe Lise Plainacher in Mank*
(Zeichnung von V. Katzler, 19. Jahrhundert)

Betenden. ›Herr Jesu, dir lebe ich! Herr Jesu, dir sterbe ich! Herr Jesu, dein bin ich, tot und lebendig!‹ betete ein Geistlicher vor, und ein Chor von Frommen wiederholte diese Worte ... Dicke Qualmwolken verdunkelten den blauweißen Sommerhimmel. Krachend stürzten die Scheiterhaufen, einer nach dem anderen, in sich zusammen, endlich auch die glühenden Säulen in ihren Mitten. Dann war das Feuer so weit heruntergebrannt, daß der Scharfrichter sich wieder heranwagen konnte. Er stellte sich auf die höchste Stelle der Anhöhe und rief mit lauter Stimme über den Platz: ›Herr Bannrichter! Habe ich recht gerichtet?‹ Worauf Neuchinger zu Pferde antwortete: ›Da du gerichtet hast, wie Urteil und Recht gegeben, so laß ich es dabei bleiben!‹ Damit war die Hinrichtung beendet. Langsam löste sich die Menschenmenge auf, ging ungeordnet die Pasinger Landstraße nach München zurück. Oben auf dem Berg bei der qualmenden Glut blieben nur der Abdecker und einige Gehilfen des Scharfrichters zurück, um den Platz aufzuräumen. Bald würden hier wieder neue Scheiterhaufen stehen ...« (Kunze 1982, S. 378ff.).

So und ähnlich muß es sich in vielen tausenden von Fällen verhalten haben, in denen vorwiegend Frauen ihr Leben auf dem Scheiterhaufen lassen mußten. Von 1480 bis 1780 starben in Europa schätzungsweise 100 000 Menschen als Zauberer und Hexen den Feuertod (Behringer 1987b, S. 165), wobei die Zahlen in den verschiedenen Quellen erheblich schwanken. Wie konnte es dazu kommen?

Wollen wir uns mit Hilfe der Psychoanalyse dieser Frage zuwenden, so geht es weniger um die politischen, ökonomischen und juristischen Bedingungen des Hexenwahns, hierzu ist in den letzten Jahren hinreichend viel publiziert worden, sondern um die psychische Situation der Menschen der damaligen Zeit. Dabei müssen wir uns vor allen Dingen mit zwei Fragen beschäftigen: Wer waren die Frauen, die als Hexen verbrannt wurden, und was ging in den Menschen der damaligen Zeit vor, welche unbewußten

Motive hatten sie, Frauen als Hexen zu beschuldigen und damit einem so grausamen Schicksal wie dem Feuertod auszusetzen?

Die Darstellung der Hexenhinrichtung macht unnachgiebig deutlich: Ein politisches Interesse seitens Staat und Kirche an den Hexenprozessen, etwa zur Disziplinierung unliebsamer Gegner, war sicher vorhanden, hätte aber ohne die Billigung der Bevölkerung nicht zu einer solchen Ausweitung der Hexenverfolgung führen können. Die Frauen wurden unter starker Anteilnahme der Bevölkerung hingerichtet, teilweise fanden richtige Volksfeste statt. Kann man für die Durchführung der Hexenprozesse noch ökonomische und politische Interessen der Herrschenden oder etwa deren Frauenfeindlichkeit als Motive heranziehen, so läßt sich aber auf dieser Ebene die Frage nicht mehr beantworten, warum man Frauen gerade als Hexen bezeichnete, warum man gerade in dieser Zeit eine solche Angst vor Hexen hatte.

I. Der Hexenwahn

Hexenprozesse und Hexenverfolgung

Die Hexenverfolgungen in Europa konzentrierten sich weitgehend auf den Zeitraum von 1550 bis 1650, zeitgeschichtlich das Zeitalter der Renaissance. Die Zeit von 1550 bis 1800 gilt als Zeitalter des Fortschritts oder auch als Beginn der Neuzeit. Während der Zeit der Renaissance, etwa 1500 bis 1620, liegt die geistige Führung im Süden, in Spanien und Italien. 1620 bis 1660 ist die Zeit der Revolution, des sozialen Umbruchs und der Entstehung des Kapitalismus. Von 1660 bis 1800, der Zeit der Aufklärung, verlagert sich die geistige Führung in den Norden, nach England, Holland und Frankreich. Die Zeit vor Ausbruch des Hexenwahns, etwa von 1000-1500, wird allgemein als Hoch- und Spätmittelalter klassifiziert. Der Hexenwahn des 16. und 17. Jahrhunderts entstammt also nicht dem »finsteren« Mittelalter, sondern dem Beginn der Neuzeit (Trevor-Roper 1970). Die folgende tabellarische Übersicht (Brackert 1977b, S. 315ff.) soll die wichtigsten Etappen der Hexenverfolgung wiedergeben.

500–900	Die Bußbücher belegen reichhaltig, daß der alte Glaube an Wahrsager, Schadenzauber und Wettermacher weit verbreitet war. Der alte Glaube wird von der Kirche als sündhaft bekämpft.

643 verbot König Rothar Weiber zu töten, die angeblich lebende Menschen verzehrt hätten (Lea 1913, Bd. 3, S. 464).

906 Der *Canon episcopi* wird herausgegeben. Er bleibt auf Jahrhunderte hin eine verbindliche kirchliche Rechtsverordnung. Die Hexentaten sind nach dem Canon episcopi Vorspiegelungen des Teufels und Wahnvorstellungen. Wer an solche Wahnvorstellungen glaube, sei ein Kind des Teufels.

um 1000 beginnt der Kampf der Kirche gegen die Katharer in Frankreich, nach deren Lehre nicht Gott, sondern der Teufel die sichtbare materielle Welt geschaffen hat und die Seele an den Körper gefesselt hält, so daß es ihre Aufgabe ist, sich im Kampf gegen die Sinnlichkeit von dieser Welt unabhängig zu machen.

um 1150 Die Verbrennung wird in Nordfrankreich und Deutschland die übliche Strafe für Ketzer.

um 1200 ist der Zauberwahn im Volk wie im Kreis der Theologen noch weit verbreitet. Es besteht aber noch keine Kollektivvorstellung vom Hexenwesen.

1209 Papst Innozenz III. befiehlt den Kreuzzug gegen die Albigenser, einer Ketzersekte in Südfrankreich.

1227 Papst Gregor IX. richtet neben den Bischofsgerichten, in deren Kompetenz die kirchliche Rechtsprechung gegen Ketzer ursprünglich fiel, Inquisitionsgerichte ein. Ihre Aufgabe war das Auffinden, Überführen und Hinrichten von Ketzern. Die starke Verminderung der Rechte des Angeklagten im Inquisitionsprozeß gegenüber dem traditionellen Akkusationsprozeß wird mit der Schwere des Verbrechens begründet.

um 1230 Die neu eingerichtete Ketzer-Inquisition fand

bereits die Vorstellung vor, daß die Ketzer auf ihren Zusammenkünften die christlichen Sakramente verhöhnen, dem Teufel huldigen, tanzen und rituelle Orgien feiern. Seit Anfang des Jahrhunderts werden diese Vorstellungen auch auf die sittenstreng lebenden Waldenser übertragen.

1252 Das Mittel der Folter wird vom Papst Innozenz IV. und 1265 von Clemens IV. ausdrücklich als legitimes Mittel des Inquisitionsprozesses anerkannt.

um 1330 Die Vorstellung vom Vasallitätsvertrag wird von einigen Hexenverfolgern auf das Verhältnis Mensch-Teufel übertragen. Dies schließe wechselseitige Verpflichtungen ein: Der mit dem Teufel paktierende Mensch wird Vasall des Teufels, leistet ihm den Lehnseid und erwirbt Anspruch auf Hilfe durch die Dämonen. Den Lehnskuß vermischte man offenbar mit dem Huldigungskuß, den die Ketzer angeblich dem in Menschen- oder Tiergestalt anwesenden Teufel auf den Hintern zu geben pflegten.

um 1350 Eine deutliche Vermischung der meisten Elemente des Zauberwahns mit den Ketzervorstellungen tritt ein. Der Übergang zum Hexenbegriff des 15. Jahrhunderts zeichnet sich ab. Die in den inquisitorischen Zauberprozessen Verurteilten übten ihre Schandtaten aufgrund ihres Paktes mit dem Teufel aus. Sie trieben Unzucht mit dem Teufel und verspeisten Kinder. Die Zuspitzung der Vorstellungen auf das weibliche Geschlecht fehlte aber noch.

1398 Gutachten der theologischen Fakultät zu Paris: Malefizien sind real; jede Verbindung von Teufel und Mensch ist Abfall von Gott, damit Häresie.

1400–1500 In England finden 38, in Frankreich 95 und in Deutschland 80 Prozesse gegen Hexen und Zauberer statt. Zahlreiche theologisch-kanonistische Werke argumentieren gegen den Canon episcopi und bereiten den neuen Hexenbegriff vor.

1474 Heinrich Institoris und Jacob Sprenger, die späteren Verfasser des Hexenhammers, versuchen in Ober-Deutschland die massenhafte Verfolgung der Hexen zu initiieren und durchzusetzen. Sie stoßen dabei jedoch auf heftigen Widerstand.

1484 Innozenz VIII. erläßt seine Hexenbulle, mit der er Institoris und Sprenger als Inquisitoren Deutschlands einsetzt und die wesentlichen Malefizien der Hexen und Zauberer aufzählt. Es ist zugleich das erste Dokument der Hexenliteratur, das durch die Erfindung des Buchdrucks massenhaft in der Bevölkerung verbreitet wird.

1487 Institoris und Sprenger veröffentlichen den *Malleus maleficarum*, den Hexenhammer, und spitzen damit die Verfolgung auf die Hexen, also auf Frauen, zu. Das Werk gilt bis heute als Enzyklopädie der Hexenverfolgung.

1500-1700 Die massenhafte Vernichtung der Hexen. Die Fülle der Prozesse und Hinrichtungen in allen Teilen Europas kann hier nicht dargestellt werden.

1563 Weyers bekanntes Buch »De praestigiis Daemonum et incantationibus ac veneficiis« erscheint. Weyer war einer der ersten, der sich den Thesen des Hexenhammers entgegenstellte. Der niederländische Arzt glaubte zwar, wie die meisten seiner Nachfolger auch, an die Existenz des Teufels, hielt aber die in den Hexenprozessen Angeklagten für unschuldig.

	Die Hexentaten seien auf krankhafte Einbildung und Suggestionen des Teufels zurückzuführen. Die unter der Folter erbrachten Geständnisse hielt Weyer für wertlos. Das frühe Ende der Hexenprozesse in den Niederlanden ist nicht zuletzt auf seinen Einfluß zurückzuführen.
1631	Die *Cautio criminalis* von F. von Spee erscheint. Er kritisiert die Verfahrensweisen bei den Hexenprozessen aufs Schärfste. Das Verfahren ist so angelegt, schreibt von Spee, daß ihm kein Unschuldiger entrinnen kann.
1610	Letzte Hexenhinrichtung in den Niederlanden.
1684	Letzte Hexenhinrichtung in England.
1736	In England werden die Strafgesetze gegen Hexen aufgehoben.
1745	Letzte Hexenhinrichtung in Frankreich.
1775	Letzte Hexenhinrichtung in Deutschland.
1782	Letzte Hexenhinrichtung in der Schweiz.

Schon die zeitliche Abfolge der Hexenverfolgung macht zwei wesentliche Bedingungen der Hexenverfolgung deutlich. Einerseits sind die Hexenprozesse unmittelbar aus den Inquisitionsprozessen hervorgegangen, die Verfahrensgrundsätze der Inquisition wurden übernommen und schufen so eine wichtige Bedingung für die Ausweitung der Hexenprozesse, andererseits war das Erscheinen des Hexenhammers – durch die Erfindung der Buchdruckkunst massenhaft verbreitet – eine wichtige Grundlage für die Zuspitzung der Hexenprozesse auf Frauen. Beides kann die Ausweitung der Prozesse und damit die äußeren Bedingungen der Hexenverfolgung verständlich machen. Auf die inneren, psychischen Ursachen werde ich noch zu sprechen kommen.

Zu Beginn des 16. Jahrhunderts lag mit dem Werk von Sprenger und Institoris (1983) eine komplette theoretische

Begründung des Hexenwesens vor. Mit der Betonung der Schadenzauberei schufen sie die Voraussetzungen für die Ablösung des Ketzerprozesses durch den Hexenprozeß. Die Verhandlungen sollten fortan vor den weltlichen Gerichten geführt werden. Um diese Zuweisung zu erreichen, aber gleichzeitig die Anwendung der Verfahrensgrundsätze des Inquisitionsprozesses – geheime, schriftliche Verhandlung, Folter als Beweismittel – sicherzustellen, machten sie aus der Hexerei ein Sonderverbrechen, ein »crimen exceptum«.

Die Einstufung der Hexerei als Sonderverbrechen gab den Beschuldigten nur noch eine minimale Chance, sich der Bestrafung zu entziehen. Hexerei wurde mit den übrigen Sonderverbrechen gleichgesetzt, mit Majestätsbeleidigung, Verrat und Verschwörung, mit Falschmünzerei und Raubmord. Da alle diese Verbrechen das Gemeinwesen stark gefährdeten und schädigten, empfand man die gewöhnlichen Gesetzesbestimmungen als zu nachsichtig. Dem Staat sollten für solch schwere Verbrechen außerordentliche Mittel zur Verfügung stehen. Die Theorie des Sonderverbrechens hatte einschneidende Änderungen bezüglich der Schuldanzeichen, der Dauer und Intensität der Folter, der Aussagen von Zeugen und der Denunziation zur Folge. Sinn und Zweck der Folter wurde sogar der bisherigen Rechtspraxis völlig entgegengesetzt. Im Rahmen eines normalen mittelalterlichen Strafverfahrens hatte die Folter einem Angeklagten, der keine Zeugen zu seinen Gunsten hatte, die Möglichkeit geschaffen, sich durch die überstandene Folter von dem Verdacht zu reinigen. Im Hexenprozeß wurde die Folter zum Mittel, ein Geständnis zu erzwingen. Der Richter konnte sogar am folgenden Tag die Folter verschärft durchführen, um das Geständnis beim zweiten Anlauf zu erzielen. Wollte man mit der Folter beginnen, mußte bereits ein Indiz gegen den Angeklagten vorliegen. Die Indizien bekamen so immer mehr die Rolle des endgültigen Schuldbeweises, da die Folter keinen Unschuldsbeweis mehr zuließ. Das Geständnis hatte die von allen Beweismitteln stärkste Beweiskraft und eine Verurteilung lediglich aufgrund von Zeugenaussagen oder Indizien wurde von den weltlichen Herrschern nicht gern gesehen. Unter der Voraussetzung der durch Indizien bereits fast vollständig nachgewiesenen Schuld ordneten die Richter daher guten Gewissens immer wieder eine erneute Folter an. So wurden die Indizien zum entscheidenden Bestandteil des Hexenprozesses (Hammes 1977, S. 92ff.). Was aber galt als Indizium? Soldan und Heppe geben die Antwort:

»Alles! Übler Ruf, oft begründet durch die vor Jahren aus Haß oder auf der Folter getanen Aussagen einer Inquisitin, oft nicht einmal durch Zeugen erhoben, die Angabe eines Mitschuldigen, die Abstammung von einer wegen Zauberei Hingerichteten, Heimatlosigkeit, ein wüstes und unstetes Leben, große und schnell erworbene Kenntnisse, eine Drohung, auf die dem Bedrohten ein plötzlicher Schaden traf, die Anwesenheit im Felde kurz vor einem Hagelschlag – dies alles erscheint noch als etwas ziemlich Einfaches; aber außerdem wurden noch die entgegengesetzen Dinge zu Indizien gestempelt, so daß, wer die Scylla vermeiden wollte, notwendig in die Charybdis geriet. Eine wirkliche Heilung war oft nicht weniger gefährlich als eine nachgesagte Beschädigung. Die Beklagte hat ihrer kranken Schwiegertochter Lorbeeren eingegeben, worauf diese genas. Der Fiskal folgert daraus, daß sie selbst die Krankheit zuvor durch Zauberei herbeigeführt habe ... Der nachlässige Besucher des Gottesdienstes war verdächtig, aber der fleißige nicht minder, weil sein Benehmen die Absicht verriet, den Verdacht von sich abzuwälzen. Zeigte sich jemand bei der Gefangenennehmung furchtsam und erschrocken, so war dies die Äußerung des bösen Gewissens; benahm er sich gelassen und mutig, so hatte ihn der Teufel verhärtet und verstockt ... Das schrecklichste Indizium war aber die Aussage einer Hexe, die, auf der Folter nach Genossen befragt, um von der gräßlichen Qual befreit zu werden, irgend jemanden nannte, der dann sofort verhaftet wurde« (1912, S. 325).

Nicht alle der vorgetragenen Indizien waren von gleicher Wertigkeit. Sowohl in den Augen der Richter als auch im Hinblick auf die Ausweitung der Prozesse erlangte die von einem zum Tode Verurteilten vorgebrachte und nicht in letzter Minute widerrufene Denunziation die größte Bedeutung. Im Anblick des Todes hielt man selbst eine Hexe für aufrichtig. Für die Beibehaltung ihrer Denunziation bot man der Hexe einen erheblichen Anreiz, nämlich die Zusage, daß sie in diesem Fall nicht lebendig verbrannt, sondern zuvor möglichst schmerzlos getötet werden würde. Die Verurteilten wurden teilweise zunächst enthauptet oder vom Scharfrichter, schon auf dem Scheiterhaufen stehend, erwürgt. Da es den Hexenjägern auf eine möglichst große Anzahl von Denunziationen ankam, stellte man den Angeklagten häufig Befreiung von der Folter in Aussicht, wenn sie eine für das Gericht befriedigend große Zahl von Mitschuldigen nannten. Es erübrigt sich zu erwähnen, daß dieses Versprechen in den seltensten Fällen gehalten wurde. Die von einer Hexe ausgesprochene Denunziation galt als vollwertige Zeugenaussage. Auch in dieser Hinsicht unterschied sich der Hexenprozeß von den übrigen Strafverfahren. Da es sich bei der Hexerei um ein schwer nachweisbares Verbrechen handelte, hielt man es für ausreichend, wenn eine Vermutung für die Schuld des Angeklagten bestehe. Erst mit Einsetzen der Hexenprozesse sprach man auch Beschuldigten das Zeugenaussagerecht zu, so daß die unter der Folter erbrachte Denunziation als vollwertig anerkannt wurde. Das Konstrukt des Hexensabbats führte nun zu einer Prozeßlawine. Da man davon ausging, daß jede Hexe am Sabbat teilnimmt, also mit vielen anderen Hexen zusammentrifft, suchte man die sogenannten Mittäter durch die Geständnisse herauszufinden. Aus Verzweiflung und unsagbaren Schmerzen heraus nannten die Verurteilten angebliche Teilnehmer des Hexensabbats. Angefeindete oder beneidete Personen wurden hier sicher bevorzugt berücksichtigt. Im 17. Jahrhundert, zum Höhepunkt des Wahns, war kein Mensch mehr seines Lebens sicher (Hammes 1977, S. 102ff.).

Entgegen der Halsgerichtsordnung Karls V. beispielsweise, die nur unbeleumdete und genugsame Zeugen zuließ, erkannte der Hexenhammer jedweden als Zeugen an. An die Qualität des Zeugen wurden nur geringste Anforderungen gestellt. Auch dies war ein Bestandteil der Theorie des Sonderverbrechens. Jedes Mittel war recht, wenn es dem Richter die Führung des Schuldbeweises erleichterte. Zu welchen Exzessen die Freiräume des Gerichts führen konnten, zeigt folgendes Beispiel:

»Mehreren Hexen hatte man vorgeworfen, ein kurz zuvor beerdigtes Kind wieder ausgegraben zu haben, um es bei der Herstellung ihrer Hexensalbe zu verwenden. Nach mehrfacher Folter gestanden alle Frauen dies auch zu. Der Ehemann einer der Angeklagten setzte nun die Öffnung des Kindergrabes in Gegenwart des Pfarrers und anderer Zeugen durch; immerhin ein kleiner Erfolg des neuen Verfahrens. Das Kind befand sich ohne Verletzung im Grab. Dann aber zeigte sich die freie Beweiswürdigung von einer negativen Seite. Mit der Begründung, das von allen gesehene Kind sei nichts anderes als ein Blendwerk der Dämonen, verurteilte man alle Frauen zum Feuertod« (Hammes 1977, S. 105).

In einer Vielzahl deutscher Prozesse traten Kinder als Denunzianten oder Zeugen auf und wurden von den Gerichten als vollwertige Zeugen anerkannt. Kuczynski berichtet von einem Fall, bei dem die Großmutter durch die Zeugenaussage ihrer siebenjährigen Enkelin hingerichtet wurde.

»1629 wurde in Marburg ein Prozeß gegen ein siebenjähriges Mädchen, Gertrud Briel, aus der Ketzerbach geführt. Wie dieser Wahnglaube die Seele des Volkes vergiftete und beschmutzte, sehen wir aus dem Geständnis der Kleinen. Das Kind hatte sich beim Spielen mit anderen Schulmädchen verdächtig geäußert, sie könne zaubern, habe es von ihrer Ellermutter gelernt. ›Seht, so macht man das Wetter‹, damit hob sie die Röcke in die Höhe. Um noch mehr aus dem Kinde herauszubekommen, versprach die Lehrerin dem Kind ein Goldstück. Es erwiderte, es dürfe nichts sagen, ihre Ellermutter, die Preußersche genannt, würde sie sonst hart schlagen. Es bekennt nur noch, daß man, wenn man ein Messer in die Wand stieße, Milch aus der Wand hervorzaubern könne, und daß sie zu Hause die Kühe melkten, daß sie bluteten. Landgraf Georg beklagte diesen Vorfall aufs äußerste, weil das Laster schon bei Kindern vorzufinden sei. Da das Mädchen noch sehr jung war, hat man aus seinen Reden kein ›Indicium‹ nehmen können; die Großmutter, die auch eingezogen wird, hat aber daran glauben müssen« (Kuczynski 1980, S. 134).

Der wohl bekannteste Prozeß, in dem Kinderzeugen auftraten, fand im schwedischen Mora im Jahre 1669 statt. Aufgrund der Aussagen vierjähriger Kinder wurden 72 Frauen und 15 Jugendliche zum Tode verurteilt (Hammes 1977, S. 109ff.; Baschwitz 1990, S. 318). Auf die Problematik der Kinderzeugen werde ich noch genauer eingehen (Kap.V).

Im Hexenprozeß, dessen Mittelpunkt nicht ein tatsächlich verübtes Delikt war, sondern lediglich die Vermutung über die Einstellung einer Person, benötigte das Gericht neben den Indizien zusätzliche Hilfsmittel, die geeignet waren, die Voraussetzungen zur Anwendung der Folter zu schaffen. Dies war die Aufgabe der Hexenproben. Ursprünglich nur als ergänzendes, wenn auch schwerwiegendes Indiz gedacht, übernahmen die Hexenproben bald die Rolle des Beweises.

Verschiedenste Hexenproben fanden Anwendung. Aus den mittelalterlichen Gottesurteilen wurde die Wasserprobe übernommen, während die Nadelprobe und die Wiegeprobe speziell für die Hexenprozesse entwickelt wurden. Bei der Wasserprobe wurde die Angeklagte mit zusammengebundenen Händen und Füßen dreimal ins Wasser geworfen. Das Gericht, oft im Beisein des ganzen Ortes, wachte darüber, ob die Angeklagte schwamm oder unterging. Schwamm sie auf dem Wasser, war sie schuldig, ging sie unter, war sie unschuldig. Man ging davon aus, daß Hexen leichter sind als gewöhnliche Menschen, da ein »leicht und luftig Geist« in ihrem Leib wohnt. Es ist wohl unnötig, darauf hinzuweisen, daß viele, auch in den Augen des Gerichtes Unschuldige, bei diesem Verfahren starben, indem sie ertranken.

Abbildung 2: *Die Wasserprobe* (o.J.)

Auch die Wiegeprobe hatte ihren Ursprung in der Vorstellung, daß Hexen und Zauberer leichteren Gewichts seien. Stand das Gewicht nicht im rechten Verhältnis zu Größe und Körperform, war die Angeklagte schuldig. Die am häufigsten und längsten angewandte Hexenprobe war die Nadelprobe. Die Haut wurde auf Unregelmäßigkeiten, Warzen, Narben oder Leberflecken hin untersucht, welche als Hexenmale galten. Da die Vorstellung bestand, daß diese Stelle schmerzunempfindlich sei und nicht blute, wenn man hineinsticht, brauchte man selbiges nur zu tun, um einen Beweis zu erhalten. In der Regel fand sich bei allen Frauen das Hexenmal, wobei es jedoch häufig, wie bei den anderen Hexenproben auch, zu betrügerischen Manipulationen seitens der Henker und Folterknechte kam. Sehr selten vorgekommen ist die sogenannte Tränenprobe. Die während der Folter festgestellte Unfähigkeit, Tränen zu vergießen, galt als starkes Schuldindiz. Mehrfach kam es auch zum Kesselfang oder Probe des heißen Wassers. Die Beschuldigte mußte einen Ring vom Boden eines mit siedendem Wasser gefüllten Behälters herausgreifen, ohne sich zu verletzen. Sie konnte ihre Unschuld aber auch dadurch kundtun, daß sie in einem wachsgetränkten Hemd durch ein Feuer schritt, ohne daß das Wachs vom Hemd heruntertropfte.

In der älteren Gerichtspraxis war das Geständnis der entscheidende, eine Verurteilung auch allein tragende Beweis für die Schuld des Angeklagten. Das Geständnis galt als »regina probationum«, als Königin des Beweisrechts. Obwohl im Hexenprozeß das Gericht den Schuldnachweis zu erbringen hatte, verlor das Geständnis diese Aufgabe nicht. Das Fehlen von Zeugen führte nicht zu einem Freispruch mangels Beweises, sondern man bestand auf einem Geständnis der Angeklagten. Wenn ein freiwilliges Geständnis nicht erfolgte, wurde die Angeklagte der peinlichen Befragung, der Folter, unterworfen. Im Bereich der Hexenprozesse, wo der Schuldnachweis anders als durch ein Geständnis nicht erbracht werden konnte, bestanden Sinn und Zweck der Folter fast ausschließlich darin, ein Geständnis zu erhalten und die Namen von Mitschuldigen zu erpressen. Der Beweis galt schon durch die vorliegenden Indizien als erbracht und brauchte lediglich durch das Geständnis ergänzt zu werden. Nur eine verschwindend kleine Zahl von angeklagten Hexen legte ein Geständnis ab, welches nicht durch die Folter erpreßt worden wäre (Hammes 1977, S. 111ff.).

Die Folter selbst begann mit der Drohung, die Marter einzusetzen, außerhalb der Folterkammer. Daraufhin wurde die Gefangene in die Folterkammer überführt, ausgekleidet, festgebunden und man schnitt ihr die Haare ab. Die Tortur wurde in fünf Graden durchgeführt, wobei strikt darauf zu achten war, daß die Angeklagte nicht bei der Folter zu Tode kam. Soldan und Heppe (1912) schildern den Verlauf der Folter:

»Man begann die Tortur … gewöhnlich mit dem Daumenstock, indem man den Angeklagten entblößte und anband und dessen Daumen in Schrauben brachte, diese langsam zuschraubte und die Daumen quetschte.

Half dieses nichts, so nahm man die Beinschrauben oder spanischen Stiefel, durch die Schienbein und Waden glatt gepreßt wurden, nicht selten bis zur Zersplitterung der Knochen. Zur Erhöhung der Qual wurde dabei noch zwischendurch mit dem Hammer auf die Schrauben geschlagen. Um nicht durch das Jammergeschrei der Gefolterten molestiert zu werden, steckte ihnen der Scharfrichter ein Kapistrum in den Mund, das das Schreien unmöglich machte.

Der nächstfolgende Grad der Folterung war der Zug, die Expansion oder Elevation. Dem Angeschuldigten wurden hierbei die Hände auf den Rücken gebunden und an diese ein Seil befestigt. An diesem Seil wurde nun der Unglückliche bald frei in der Luft schwebend durch einen an der Decke angebrachten Kloben ... bald an einer aufgerichteten Leiter, bei der oft in der Mitte eine Sprosse mit kurzen, spitzen Hölzern – dem ›gespickten Hasen‹ – angebracht war, gemächlich in die Höhe gezogen bis die Arme ganz verdreht über dem Kopfe standen, worauf man ihn mehrmals rasch hinabschnellen ließ und ›gemächlich‹ wieder hinauf zog. Erfolgte auch jetzt noch kein Geständnis, so hing man den Gefolterten, um die Glieder noch ärger und qualvoller auseinanderzurecken, schwere Gewichte an die Füße und ließ ihn so eine halbe, oft eine ganze Stunde und noch länger hängen, legte ihm oft noch die spanischen Stiefel an.

In Zürich wurde 1660 eine neue Tortur eingeführt, indem zwei Bretter mit hölzernen Nägeln an die Füße und Knie gebunden wurden, und womit die Hexen täglich sechs Stunden lang gestreckt wurden, ›bis ihnen der Krampf durch alle Adern ging‹. Es kam dabei vor, daß während dieser Zeit das Gerichtspersonal abtrat, um sich bei Speis und Trank zu erholen.

Von Wächter berichtet nach einem Bamberger Protokoll, ›daß ein wegen Zauberei Angeschuldigter drei und eine halbe Stunde lang mit Beinschrauben und mit Daumenstock gefoltert und am Ende, da er nicht gestand, an einem Strick acht Schuhe hoch von der Erde hinaufgezogen und ihm an die große Zehe ein Gewicht von zwanzig Pfund gehängt wurde. Half auch diese oder ähnliche Tortur nichts, so träufelte man dem Inquisiten brennenden Schwefel oder brennendes Pech auf den nackten Körper oder hielt ihm brennende Lichter unter die Arme oder die Fußsohlen oder andere Teile des Körpers‹ …

Im Fürstentum Münster pflegte der Scharfrichter dem Angeklagten in diesem letzten Stadium der Folter die Arme und die Schulterknochen auszubrechen, die Arme rückwärts am Hinterkopf fest zusammenzuschnüren und ihn durch seine Knechte so aufziehen zu lassen, daß seine Füße einige Spannen weit vom Boden hingen. Zur Vergrößerung der Schmerzen brachte der Scharfrichter in Zwischenpausen an den Händen und Füßen des Unglücklichen wieder die Daumenschrauben und die spanischen Stiefel an und ließ sie von Zeit zu Zeit versetzen und fester anschrauben. Außerdem schlugen ihn die Henkerknechte mit Ruthen oder mit Lederriemen, die am Ende mit Blei beschwert oder mit scharfen Haken versehen waren, und zwar so lange, bis der Scharfrichter mit der Peinigung einzuhalten befahl, damit nicht der Tod des Gefolterten erfolge« (1912, Bd. 1, S. 348ff.).

Lediglich schwangere Frauen und Kinder unter 14 Jahren sollten von der Folter verschont bleiben, woran man sich jedoch nicht immer hielt (Hammes 1977, S. 133). Frauenspezifische Foltermethoden sind in den Gerichtsprotokollen nicht zu erkennen (Brackert 1977a, S. 174). Männer und Frauen wurden gleichermaßen, wie oben beschrieben, »auf die Folter gespannt«.

Die Hexenverfolgungen wurden zu einem großen Teil erst durch die juristischen Konstruktionen des »Crimen exceptums« ermöglicht, das heißt durch ihr Hervorgehen aus den Inquisitionsprozessen. In England, wo nur 19% der vor Gericht der Hexerei beschuldigten Personen hingerichtet wurden, war die Folter nicht zugelassen (Baschwitz 1990, S. 159). Zur Ausweitung der Hexenprozesse und damit der Hexenverfolgung haben aber auch noch politische und ökonomische Gründe beigetragen.

In Ländern wie Holland und England, in denen das Bürgertum schon früh ein Mitspracherecht erkämpft hatte, regten sich am frühesten die Widerstände gegen die Hexenprozesse, wurden die Verfolgungen auch am ehesten beendet. In einem Land wie Spanien, wo die Herrschaft schon früh konsolidiert war, gab es auch nur wenige Prozesse. Und entsprechend seiner zerrissenen Struktur und Geschichte wüteten sie in Deutschland am heftigsten und längsten. Sie wurden wiederum dort am frühesten beendet, wo sich, wie in Preußen zu Beginn des 18. Jahrhunderts, der absolutistische Staat am frühesten gefestigt hatte. Die Hexenverfolgungen dienten dem Staat als Mittel der Disziplinierung. Das Volk wurde einer selbstherrlichen Willkür ausgesetzt. Es bestand nicht mehr wie noch im Mittelalter ein Widerstandsrecht, sondern nur noch ein Appellationsrecht, dem der Fürst entsprechen konnte, wenn er wollte. Brackert (1977a, S. 183) führt als Beispiel für die politische Funktionalisierung der Hexenprozesse die Prozesse, die Ende des 17. Jahrhunderts im westfälisch-lippischen Lemgo wüteten, an. Die Machthaber der Stadt benutzten den Prozeß als wirksamste Waffe gegen ihre Kritiker und gingen systematisch gegen die konkurrierenden, mächtigen Familien der Stadt vor. Ihrer eigenen Ausrottung suchten die Opfer durch wiederholte Appellation an den gräflichen Gebietsherrn entgegenzuwirken. Sie erhielten entweder keine Antwort oder wurden überdies noch als Meuterer bestraft. Der Graf unterstützte durch seine Haltung das Schreckensregiment, das in der Stadt herrschte.

Die politische Funktionalisierung zumindest einiger Hexenprozesse wird auch in dem Verfahren gegen Jeanne d'Arc deutlich. Sie wiegelte die Franzosen gegen die englischen Besatzer auf. Das Inquisitionsgericht, welches sie zum Tode verurteilte, stand unter englischer Vorherrschaft. Eine politisch unliebsame Gegnerin konnte so leicht aus dem Weg geräumt werden (Grigulevič 1976, S. 231).

Nicht nur im staatlichen Bereich, sondern auch im kirchlichen Machtkampf wurden die Hexenverfolgungen als Mittel der Disziplinierung eingesetzt. Die Hexenprozesse fallen religionsgeschichtlich in die Zeit der Konfessionskämpfe. Sowohl die Katholiken als auch die Protestanten versuchten mit aller Macht eine Konsolidierung anzustreben, indem sie die gegnerische Auffassung gewaltsam unterdrückten. Beide Konfessionen gingen gegen Hexen vor, es läßt sich aber für Gesamteuropa keine Verallgemeinerung finden. Katholische Würdenträger und Landesherren gingen im südwestlichen Teil des Deutschen Reiches, in Lothringen, Savoyen oder Frankreich ebenso eifrig ans Werk wie Hexenjäger im calvinistischen Waadtlandt, in den protestantischen Gebieten des Jura, in Schottland oder England. Zurückhaltend war man dagegen in den katholischen Gebieten Ober- und Mittelitaliens, Spaniens, Portugals sowie in den protestantischen Teilen Südwestdeutschlands, des Saarraumes und des Elsaß (Labovie 1991, S. 34).

Trevor-Roper (1979, S. 188ff.) zeigt anhand von geographischen Gegebenheiten, daß jeder bedeutende Ausbruch der Hexenverfolgung in Grenzgebieten stattfand, wo Religionsstreitigkeiten nicht mehr auf geistiger Ebene ausgetragen wurden.

»Das Wiederaufleben des Wahns in den sechziger Jahren kennzeichnet das Ende der Periode protestantischer Glaubensverkündung. Danach kann man fast jeden örtlich begrenzten Ausbruch von Hexenwahn auf die Aggression einer Relgion gegen die andere zurückführen. Die Religionskriege leiten die schlimmste Periode der Hexenverfolgung in der französischen Geschichte ein« (Trevor-Roper 1979, S. 203).

In der Literatur wird häufig die These vertreten, daß die finanzielle Bereicherung bei den Hexenprozessen eine wichtige Rolle für die Motive zur Durchführung der Verfahren gespielt habe (Soldan und Heppe 1912, Bd. 1,

S. 438ff.; Hammes 1977, S. 243ff.). Die Hexenprozesse waren ein einträgliches Geschäft für Richter, Henker, Schöffen, Notare, Gerichtsboten und Folterknechte. Bis 1532 war es üblich, das Vermögen der Verurteilten zu konfiszieren, unabhängig davon, ob Erben vorhanden waren oder nicht. Der größte Teil der Güter fiel den Landesherren zu. Nach dem Verbot der Konfiskation 1532 änderte sich allerdings in der Praxis nicht viel. Den Verurteilten wurden jetzt Rechnungen für Mühe und Arbeit aufgestellt, die den gleichen Effekt hatten.

»Dann etliche Richter, dieweil sie auch verbottener Confiscation der Güter nichts haben mögen, unter anderen Farben und erdichteten Titeln, der entstandenen Uncosten, Vacation gehabter Muehe und Arbeit in der Wahrheit, welches zu erbarmen, wider Recht und Billigkeit ist, der Armen beschuldigten Güter, also zu sich reissen, dass die armen Waisen und Witwen offtermal in hoechste Armut geraten« (Hammes 1977, S. 248).

Im Falle einer Verurteilung mußten die Angeklagten für alle im Zusammenhang mit ihrem Prozeß stehenden Maßnahmen die Kosten übernehmen, angefangen von den Wirtshausrechnungen, wo die Ausschußmitglieder ihr Vorgehen gegen einen Verdächtigen berieten, bis hin zum Holz des Scheiterhaufens. Nach dem Dreißigjährigen Krieg wurden Konfiskationen wieder erlaubt. Soldan und Heppe (1912, Bd. 1, S. 473) bemerken ironisch, daß die Hexenprozesse die neue Alchemie war, die aus Menschenblut Gold machte.

Schormann (1981, S. 80ff.) gibt zu bedenken, daß diese These auf den ersten Blick im Widerspruch steht zu den eindeutig belegten Fakten, daß der größte Teil der Verurteilten den ärmeren unteren Volksschichten angehörte. Die wirtschaftliche und soziale Schwäche der Opfer wird immer wieder betont. Bei den detaillierten Kostenaufstellungen wird deutlich, daß die am Prozeß beteiligten Personen, wie Henker, Pfarrer, Boten, Gerichtspersonen, Stadtdiener und viele mehr, durchaus erheblich an den Prozessen verdienten, der Landesherr aber nicht. Die Prozeßkosten belasteten im Gegenteil die landesherrliche Kasse, wenn die betroffenen Familien zahlungsunfähig waren. In manchen Ortschaften wurde deshalb eine Beisteuer zur Deckung der Gerichtskosten erhoben. Teilweise mußten auch ganze Gemeinden bürgen. Mit einigen Verordnungen suchte man den üppigen Spesen durch exakte Spesensätze einen Riegel vorzuschieben.

Mit der erneuten Einführung der Konfiskation von Gütern schuf man eine Art Lastenausgleich. Die Begüterten mußten mehr bezahlen, um so die Prozeßkosten der Armen mitzutragen. Die hohen Kosten konnten den Gemeinden und der landesherrlichen Kasse nicht mehr allein zugemutet werden.

»Wenn diese Behauptung zutrifft, wenn wirklich die Konfiskation von Gütern Weniger nur die Prozeßkosten Vieler mitfinanziert, dann ist erneut die Möglichkeit gegeben, den Widerspruch zwischen wirtschaftlicher Schwäche der Mehrheit der Opfer bei gleichzeitiger Bereicherung der am Prozeß beteiligten Personen zu erklären. Dann würden ebenfalls andere die Kosten tragen, diesmal nicht die Obrigkeit oder die Gemeinden, sondern die bessergestellten Opfer auf dem Weg über die Güterkonfiskation« (Schormann 1981, S. 85).

Die ökonomische Bereicherung einer kleinen Bevölkerungsgruppe kann wohl nur als eine Randerscheinung der Hexenverfolgung betrachtet werden. Im Saarland gehörten etwa 43% der angeklagten Frauen der Unterschicht von Besitzlosen oder bettelnden Dorfbewohnern an, weitere 53,4% einer Schicht von Minderbegüterten und lediglich 3,5% einer gehobenen Schicht mit Grundbesitzwerten, was in etwa der allgemeinen Verteilung in der Bevölkerung entsprach (Labovie 1991, S. 176).

Wir sehen, daß die Hexenprozesse und die Hexenverfolgung durch eine Reihe von machtpolitischen Motiven, vor allem durch die juristischen Konstruktionen, ermöglicht wurden. Warum aber traf die Verfolgung vor allem Frauen?

Hexenangst durch Frauenmacht?

Besonders zu Beginn der Hexenprozesse, als diese sich aus den Ketzerprozessen herauslösten, sind auch Männer des öfteren als Zauberer hingerichtet worden (Dülmen 1982, S. 290). Nach dieser kurzen Phase waren eindeutig in ganz Europa mehrheitlich Frauen Opfer der Hexenprozesse. Ein Vergleich zwischen verschiedenen Gebieten Europas, aus denen entsprechende Aufstellungen vorliegen, ergibt im Durchschnitt 80% Frauen als Opfer mit Maximalwerten von 95% in bestimmten Juraregionen und 92% in Essex und Namur, sowie Minimalwerte von 58% im Waadtland und 64% im schweizerischen Freiburg (Schormann 1981, S. 118). Der Prozentsatz verurteilter Frauen lag in Dänemark bei 90% und in Norwegen bei 80% (Labovie 1991, S. 34).

Die Mehrheit der von den Hexenprozessen erfassten Frauen waren alt, wobei der Beginn des Alters im frühneuzeitlichen Europa bereits bei 40 Jahren anzusetzen ist (Schormann 1981, S. 119). Etwa 50% der angeklagten Frauen im Saarland waren älter als 50 Jahre. Von den inhaftierten Frauen waren 64% verwitwet, von denen wiederum die Hälfte allein in einem Haus lebte. Der Anteil verwitweter Frauen in der weiblichen Bevölkerung war im Zeitraum der Hexenverfolgung sehr hoch. Zu Beginn des 17. Jahrhunderts lag er bei 3,5-7,5% und stieg in den Kriegsjahren ab 1628 auf 10-20% (Labovie 1991, S. 175).

Nach Hammes (1977, S. 61) wurden vorwiegend alte Frauen verfolgt, da die Hexenjäger den Weg des geringsten Widerstandes suchten und diesen, wie sie richtig vermuteten, auch bei den Alten fanden. Diese Frauen, meist alleinstehend und oft nur durch Bettelei in der Lage, sich das Existenzminimum zu beschaffen, stellten eine Randgruppe dar, ohne jeden Einfluß, aber zahlenmäßig überproportional vertreten. Die Hexenprozesse begannen als Krieg gegen alte Frauen, die schwach, einsam und oft unbeliebt waren (Baschwitz 1990, S. 139f.).

Im Laufe der Hexenverfolgungen wurden zunehmend

auch jüngere Frauen verurteilt. Der Reichstagsgesandte des Landgrafen Georg von Darmstadt schrieb 1582: »Da wir nunmehr die Alten nahezu erledigen und hinrichten ließen, so geht es jetzt an die Jungen« (Hammes 1977, S. 61; Baschwitz 1990, S. 140). Gegen Ende der Würzburger Prozesse 1629 war nahezu jedes vierte Opfer noch nicht einmal 14 Jahre alt (Hammes 1977, S. 61).

Waren die Opfer der Hexenprozesse in der Regel Frauen, so waren die Ankläger vor Gericht mehrheitlich Männer, was allerdings auch mit der erschwerten Stellung der Frauen vor Gericht zur damaligen Zeit zu tun hatte. Bei den Hexenprozessen waren im Saarland 80% der Ankläger Männer, 3/4 der Zeugen in den Prozessen gegen Männer waren Männer, 2/3 der Zeugen in den Prozessen gegen Frauen waren wiederum Männer (Weber 1996, S. 63).

Die Zuspitzung der Hexenverfolgung auf Frauen glaubte man aus der Frauenfeindlichkeit der Kirche heraus erklären zu können. Die angestrebte Gleichsetzung zwischen Frau und Hexe hielten die Verfasser des Hexenhammers für offensichtlich und leicht zu beweisen. Das lateinische femina (Frau) gaben sie als Zusammensetzung des spanischen fe (Glaube) und des lateinischen mina (weniger) aus, also die Frau als die Weniger-Glaubende. In Übereinstimmung mit der herrschenden theologischen Schulmeinung gingen die Verfasser davon aus, daß das Weib seit Evas Sündenfall den Verführungskünsten des Teufels weit weniger Widerstand entgegensetzen könne als der Mann. Jedoch müsse man mit der Verwendung des Namens Eva in diesem Zusammenhang vorsichtig sein, denn der Fluch der Eva werde durch das rückwärts gelesene Wort ave, also durch den Segen der Maria, aufgehoben. Da der Hexenhammer den Geschlechtsverkehr mit dem Teufel neben den Schadenzauber in den Mittelpunkt seiner theoretischen Grundlegungen stellte, war jedermann leicht einsichtig, daß der Teufel als traditionell männliches Wesen in erster Linie dem weiblichen Geschlecht nachstelle und demzufolge auch seine Anhängerschaft unter den Frauen bei weitem überwiege (Sprenger und Institoris 1983, 2. Teil, S. 98f.).

Die Zuspitzung der Hexenlehre auf die Frauen muß durchaus innerhalb der kirchlichen Tradition gesehen werden, die von jeher die Inferiorität der Frau proklamierte. So ist es geradezu selbstverständlich, daß auch die frühen Bekämpfer der Hexenlehre, wie Weyer, auf dem Boden der gleichen frauenfeindlichen Tradition bleiben, indem Weyer etwa die stärkere Veranlagung der Frauen zur Melancholie und damit zur teuflischen Vorspiegelung aus ihrer Inferiorität erklärt (Schormann 1981, S. 116ff.).

Nun reicht es aber nicht aus, die Hexenverfolgung mit der Frauenfeindlichkeit der Kirche begründen zu wollen. Auf welches Interesse stieß die Obrigkeit bei dem Feldzug gegen die Frauen bei der Bevölkerung?

Dieses glaubte man nun mit der Angst vor der Frau erklären zu können. Die Hexenangst sei die Angst vor der weisen, kräuterkundigen, ihre Fruchtbarkeit kontrollierenden, sich nicht dem Patriarchat unterwerfenden Frau. Da man bisher nur nach logischen, rational nachzuvollziehenden Erklärungen suchte, also die unbewußten Motive außer acht ließ, mußte man die Hexenangst mit realen Eigenschaften der verurteilten Frauen in Verbindung bringen. Die Frauen müssen dann mächtige Eigenschaften haben, die Angst erzeugen.

Eine dieser Eigenschaften sollen die Kenntnisse im Umgang mit Rauschgift sein. Die sogenannten Hexen seien Rauschgiftsüchtige gewesen und ihre Flugerlebnisse ungewöhnlich lebendige Halluzinationen. Duerr (1979, S. 15) hat zumindest erkannt, daß der größte Teil der als Hexen verurteilten Frauen sich nicht mit Hexensalben eingerieben hatte. In den Prozeßakten sei niemals ein Hinweis darauf, daß bei den betroffenen Frauen Hexensalben gefunden worden wären. Die verurteilten Frauen seien durchweg ganz normale Bäuerinnen und Bürgerinnen gewesen. Durch die Suggestivfragen der Richter sei die Vorstellungswelt der Richter den Frauen aufgedrängt und durch die

Folter dann bestätigt worden. Obwohl Duerr diesen Widerspruch zur historischen Situation erkennt, sucht er dennoch an seiner Rauschgifthypothese festzuhalten. Nicht die Hexen seien die Frauen gewesen, die sich mit Salben einrieben, sondern die nachtfahrenden Weiber. »Alte Zaubervetteln« rieben sich mit Pflanzensalben ein und vermeinten danach durch die Wälder zu fliegen. Dieses Phänomen habe man dann auf die Hexen übertragen.

Becker u.a. (1977, S. 80ff.) sehen in der Hexe die Ärztin des Mittelalters, die nun der Macht der Männer und der modernen Wissenschaft im Wege stand. Als Hebammen und Ärztinnen waren die Hexen für die Fortentwicklung der Frauenheilkunde zuständig. Die Frau wurde zu Beginn der Neuzeit aus einer bis dahin autonomen Position in die Rolle einer von Ärzten und Stadt kontrollierten Hebamme abgedrängt. Die Verdrängung der Frau aus der medizinischen Praxis sehen sie in erster Linie als Folge des Zusammenstoßens zweier divergierender ärztlicher Prinzipien: einer auf Naturheilkunde beruhenden Behandlungsmethode der Frauen und einer auf wissenschaftlich-theoretischen Erkenntnissen beruhenden Methode der männlichen Ärzteschaft. Das Resultat dieses Zusammenstoßes war eine gegen die Frauen gerichtete Hetzkampagne.

»Eines nur ist sicher: Jeder etwaige Widerstand der heilkundigen weisen Frauen des Mittelalters war nach der Zeit der Hexenverfolgungen gebrochen. Der Durchsetzung des Bildes von den bösen Hexen durch die Inquisitoren folgte nun auch in der Bevölkerung das Negativbild von der Hebamme und weisen Frau, so wie es in den Hebammenbüchern, den städtischen Hebammenordnungen, bereits angelegt war. Die weibliche Heilkunde war tot; die männliche, ›wissenschaftliche‹ Medizin ging als Sieger hervor und bereitete sich darauf vor, auch die Geburtshilfe zu übernehmen« (Becker u.a. 1977, S. 116).

Die als Hexen verbrannten Frauen waren nun keineswegs die weisen, kräuterkundigen Ärztinnen des Volkes (Behringer 1987, S. 151), ja es ist noch nicht einmal erwiesen, daß die Hebammen wirklich eine so herausragende Stellung bei der Verfolgung einnahmen. Labovie (1991, S. 180f.) konnte für das Saarland keinen Prozeß gegen eine Hexen-Hebamme finden und auch bei Luther (Haustein 1990, S. 127, S. 177) weist nichts darauf hin, daß er Hexen mit weisen, kräuterkundigen Frauen oder Hebammen in Verbindung brachte.

Lediglich in den Vorstellungen zum Hexenwesen nahmen sie Schlüsselstellungen in der Hexenhierarchie ein. Sie galten häufig als Hexenprinzessinnen. Man sah die Hebammen als prädestiniert dafür an, einen der unentbehrlichen Bestandteile der Hexensalbe zu beschaffen, nämlich ein neugeborenes, ungetauftes Kind. Zudem bestand die Gefahr, daß sie das Neugeborene dem Satan weihten, ohne daß die Eltern davon Kenntnis hatten (Hammes 1977, S. 61ff.). Daraus läßt sich aber nicht ohne weiteres auf die Realität der Hexenprozesse schließen.

»Über die Ursachen der Hexereibeschuldigungen gegen bestimmte Personen gibt es mittlerweile eine große Debatte ... Nur soviel soll dazu bemerkt werden, daß die dezidierte Absicht, bestimmte soziale, konfessionelle oder andere real existierende Gruppen auszurotten, damit nicht verbunden war. Hebammen beispielsweise, von den frauenfeindlichen Verfassern des ›Hexenhammers‹ als besonders verdächtig eingestuft, waren in der sozialen Praxis geachtete Mitglieder der Gesellschaft, in den Städten von den Magistraten beamtet und besoldet. Das Motiv zur Abhaltung von Hexenprozessen war die Furcht vor Verhexung« (Behringer 1987b, S. 151f.).

Völlig abwegig ist in der Folge der Gleichsetzung von Hebammen und Hexen die These von Heinsohn, Knieper und Steiger (1979), man hätte die ganze Hexenverfolgung nur insziniert – wobei schon die Vorstellung, ein Phänomen solchen Ausmaßes sei allein durch eine Obrigkeit herzustellen, massenpsychologisch gesehen unsinnig ist –, um die Kenntnisse der Hebammen über Empfängnisverhütung auszurotten.

Das reale Phänomen der Hexenverfolgungen ist durch rationale Motive nicht zu verstehen. Aufgrund der Außerachtlassung unbewußter Motive bei der Hexenangst beschäftigen sich fast alle Erklärungsversuche mit der Frage, was die als Hexen beschuldigten Frauen so furchterregendes an sich hatten. Man sucht nach rational nachvollziehbaren, bewußten Motiven, die eine Angst vor Hexen plausibel erscheinen lassen. Die Ursachen für die Hexenangst sucht man bei den sogenannten Hexen, nicht bei den Menschen, die Frauen als solche beschuldigten.

Wie die These von der kräuterkundigen, weisen Frau, die es gegeben haben mag, nur war sie nicht mit der als Hexe verurteilten Frau identisch, entbehrt auch die Vorstellung, es habe wirklich einen geheimen Kult der Hexen gegeben, dessen Wurzeln bis tief in die Vergangenheit reichten, einer historischen Grundlage. Populär wurde die These vom Hexenkult durch Murray (1931). Murray ist der Auffassung, daß die Hexen Anhänger einer Religion darstellten, die älter als das Christentum war und die bis ins 17. Jahrhundert in allen Schichten der Bevölkerung weit verbreitet war. Im Zentrum der Religion stand die Verehrung eines gehörnten Gottes, der bei den Römern Dianus oder auch Janus genannt wurde. Der Hexenkult ist ihrer Meinung nach ein dianischer Kult. Dieser Kult dominierte im Mittelalter, das Christentum war nur ein äußerer Anstrich. Erst durch die Reformation hatten die Christen genügend Halt, um gegen den Hexenkult vorzugehen. Aber Murray kann die Existenz dieses Kultes nicht belegen. Murray war Ägyptologin, Archäologin und Volkskundlerin. In den Methoden der Geschichtswissenschaften war sie nicht bewandert. Dies ist nach Cohn (1975, S. 109ff.) der Grund, warum sie völlig ahistorisch lediglich 15 Quellen von schottischen Hexenprozessen für ihre Untersuchung heranzieht und aus den unter der Folter erbrachten Geständnissen verurteilter Frauen auf die Existenz eines Hexenkultes schließt.

In der Folge von Murray wurde der Hexenkult häufig auf einen Fruchtbarkeitskult der germanischen Zeit zurückgeführt. Mayer (1936) zieht Verbindungslinien zwischen dem Hexenkult und dem uralten Glauben an die Erdgottheit, die Mutter Erde. Hekate, Demeter und Diana waren Personifikationen der Mutter Erde. Diana und Frau Holda galten als Führerinnen der Hexen. So sei es bezeichnend, daß die Hexenfeste mit den Fruchtbarkeitsfesten zusammenfallen, etwa den Hexenausfahrten im Monat Mai. Steckenpferde tauchen nach Mayer bei allen Fruchtbarkeitstänzen auf. Die Macht der Hexen galt in vielen Regionen als gebrochen, wenn man sie vom Erdboden entfernte.

Weist Mayer lediglich auf gewisse nicht zu übersehende Parallelen zwischen Hexenvorstellungen und altem Erdmutterglauben hin, also Parallelen im Bereich der Imagination, wird bei Brenner und Morgenthal (1977, S. 188ff.) der Fruchtbarkeitskult zur zentralen Theorie des Hexenwesens. Die Hexenkulte existierten, so die Autorinnen, wirklich. Es waren Frauen, die nach Brenner und Morgenthal diesen magischen Fruchtbarkeitskult bis ins Mittelalter bewahrten. In der magischen Religion überdauerten Momente matriarchalischer Lebensformen bis in die patriarchalische Gesellschaft des Mittelalters. Die Frau war Mittlerin zur Natur. In den Fruchtbarkeitsriten durchbrach sie die patriarchalische Einschränkung ihrer Sinnlichkeit. Das Hexenwesen wird zur Auflehnung der Frau gegen Unterdrückung. Der Sabbat wird zum Ort der Verschwörung der Frauen gegen die Ordnung und Vernunft. Exzesse des Hexenwesens, wie der Kannibalismus, sind dann patriarchalische Perversionen, die mit dem eigentlichen Fruchtbarkeitskult wenig zu tun haben.

Wie wenig diese Ausführungen mit der historischen Hexe gemein haben, zeigt schon allein die Tatsache, daß die Vorstellung von der Hexe der frühen Neuzeit eine die Fruchtbarkeit zerstörende Macht war, weshalb man sie auch zu verfolgen trachtete. Auch hier ist wieder das methodische Vorgehen der Autorinnen eklatant. Sie beziehen sich in ihrer Abhandlung im wesentlichen auf eine Quelle, nämlich Zacharias (1970), der den angeblichen Fruchtbarkeitskult, wie bereits Murray, mit Schilderungen von wenigen Gerichtsprotokollen der unter der Folter gemachten Aussagen von Frauen belegt.

Andere Theoretiker (vgl. Honegger 1979, S. 84ff.) suchen einen Zusammenhang zwischen Hexenverfolgung und Fruchtbarkeitskult herzustellen. Nach Russell (1979) konzentrierten sich die Verfolgungen weitgehend auf die Gebiete, in denen vorher die Ketzerprozesse stattfanden. Unter dem Druck ihrer Verfolger flohen die Ketzer in die einsameren alpinen Gegenden Europas, wo magische Fruchtbarkeitskulte noch weit verbreitet waren. Die Inquisition wertete diese Kultformen dann in Hexerei um, so daß die heidnischen Deutungen überlagert wurden. Ginzburgs Studie über den agrarischen Kult der Benandanti in Friuli/Oberitalien sollte den grundlegenden Beweis der These antreten. Die Benandanti führten regelmäßig in bestimmten Jahreszeiten Schlachten gegen böse Dämonen. Der Zweck dieses Kampfes, den sie führten ohne ihre Betten zu verlassen, war, Felder und Ernten vor der Zerstörung durch böse Mächte zu schützen. Unter dem Einfluß der Inquisition wurde dieser alte, halluzinatorische Fruchtbarkeitskult so weit zersetzt und modifiziert bis er die Gestalt der klassischen Hexerei angenommen hatte. Nun besuchten die Benandanti den Sabbat, verübten Maleficien, erzeugten Gewitter und zerstörten die Felder und Ernten, zu deren Schutz sie einst in ihrem alten Kult auszogen.

Die Untersuchung über die Benandanti ist keineswegs ein Nachweis, daß es einen magischen Fruchtbarkeitskult der Hexen gegeben habe. Wie Cohn (1975, S. 123ff.) betont, lagen die Benandanti in ihren Betten und führten die Kämpfe halluzinatorisch aus. Es gab keine Versammlungen, die unter dem Einfluß der Inquisition in einen Hexensabbat umgewandelt werden konnten. Die Vorstellungen vom Hexenkult mußten bereits vorher in den Köpfen der Inquisitoren und Hexenbeschuldiger entwickelt und dann auf die Benandanti übertragen worden sein.

Hätten sich die Hexenvorstellungen des 16. und 17. Jahrhunderts, und nur diese sind hier relevant, aus einem Fruchtbarkeitskult entwickelt, so müßte das Entstehen der Hexenvorstellung in ländlichen Gebieten zu suchen sein, denn dort ist der traditionelle Platz der Fruchtbarkeitsriten.

Russell (1979, S. 159ff.) zeigt anhand von geographischen Daten, daß dem offenbar nicht so ist. Die Hexenvorstellungen und die Hexenverfolgungen begannen in den Städten und den industrialisiertesten Gebieten Europas. In den Alpen begann der Hexenwahn erst später sein Unwesen zu treiben, nachdem die sogenannten Hexen aus den industrialisierten Gebieten dorthin flüchteten.

»Einige Gebiete in Europa waren für die Hexerei empfänglicher als andere. In Spanien gab es trotz einer kräftigen Tradition der Hohen Magie wenig Hexerei. Damit wird die Ansicht von Trevor-Roper unterstützt, daß die beiden Phänomene nichts miteinander zu tun hätten. Portugal, Süditalien, Skandinavien, Irland und, bis zum 14. Jahrhundert, auch England blieben ebenfalls vergleichsweise unberührt. Am stärksten war die Hexerei in Frankreich, in Norditalien und in den Alpenregionen vertreten. Mit Ausnahme der Alpenregionen handelt es sich dabei um die reichsten, am dichtesten bevölkerten, am stärksten industrialisierten und intellektuell fortschrittlichsten Gebiete Europas. In den Alpen trat die Hexerei erst auf, als Hexen und Häretiker sich der Verfolgung durch die Flucht in die schützenden Berggebiete entzogen. Die geographischen Daten weisen deutlich darauf hin, daß Lea, Hansen, Murray, Trevor-Roper und in gewissem Maße auch Runeberg und Ginzburg, die alle den ländlichen und gebirgsregionalen Charakter der Hexerei betonen, sich in diesem Punkte irren. Damit wird gleichzeitig die Hypothese entkräftet, daß die Hexerei im Grunde ein Fruchtbarkeitskult sei, der seine Wurzeln in der Landwirtschaft oder in der Jagd habe« (Russell 1979, S. 162).

Der Hexenwahn ist nicht ländlichen Gebieten entsprungen, sondern den industriell am weitesten entwickelten und intellektuell fortschrittlichsten Gebieten Europas. Weder gab es einen Hexenkult, der sich aus einem Fruchtbarkeitskult entwickelt hätte, noch waren die verurteilten Frauen weise, pflanzenkundige oder rauschgiftverarbeitende Frauen. Die Vorstellungen von den Hexen im 16. und 17. Jahrhundert müssen wir in den Bereich der Imagination verbannen. Cohn (1975, S. 125) gibt zu bedenken, daß wir die menschliche Vorstellungskraft, die überall in der Geschichte bei allen Völkern der Erde Dämonen und nachtfahrende Gestalten erzeugte, nicht unterschätzen dürfen.

Die Vorstellungen von den Hexen

Welche Eigenschaften machten die Hexen der frühen Neuzeit in den *Vorstellungen* der Menschen so gefährlich, daß man glaubte, sie auffinden und hinrichten lassen zu müssen? Die vier zentralen Beschuldigungen waren der Schadenzauber, der Teufelspakt, die Teufelsbuhlschaft und die Teilnahme am Hexensabbat.

Beim Vorwurf des Schadenzaubers, des Maleficiums, stand die Kunst des Wettermachens im Mittelpunkt. Lerchheimer schrieb 1585: »Sie machen Wetter, unzeitigen Regen, Wind, Donner, Hagel, Schnee, Reif, Frost, Raupen, Käfer und anderes Ungeziefer, damit Korn, Wein, Eicheln und andere Früchte auf dem Felde und in den Wäldern verderben« (Hammes 1977, S. 73).

Zur Kunst des Wettermachens gehörte auch, Menschen oder Tiere mittels eines Blitzschlags zu töten. Die Wetterzauberei war in ländlichen Gegenden besonders gefürchtet und geriet deshalb dort immer stärker in den Mittelpunkt der Verfahren. Da das Wettermachen eigentlich Gott zugeschrieben wurde, befaßte sich der Hexenhammer auch mit der Frage, was beim Wettermachen nur mit Hilfe des Teufels durch die Hexen erreicht werde, was ausschließlich auf den Teufel zurückzuführen sei und welches dieser Werke nur mit der Einwilligung Gottes geschehen könne (Sprenger und Institoris 1983, 2. Teil, S. 153ff.).

Ein Teil der Maleficien beinhaltete auch die Anschuldigung, daß Hexen bei Männern Impotenz erzeugen können, sowie Unfruchtbarkeit und Krankheiten bei Mensch und Vieh. Unzählige Berichte beschreiben Begebenheiten, bei denen Hexen Unfruchtbarkeit und Impotenz erzeugten. Auch das Weghexen von männlichen Gliedern wurde häufiger erwähnt. Dabei handelte es sich allerdings nicht um ein reales Entfernen, sondern um eine Sinnestäuschung (Sprenger und Institoris 1983, 2. Teil, S. 73ff.).

»Erstens, daß man auf keine Weise glauben kann, solche Glieder würden von den Körpern gerissen oder getrennt; sondern durch Gaukelkünste werden sie von den Dämonen verborgen, so daß sie weder gesehen noch gefühlt werden können … « (Sprenger und Institoris 1983, 2. Teil, S. 80).

Sprenger und Institoris berichten von einem Jüngling aus der Stadt Regensburg, der, nachdem er sein Mädchen im Stich lassen wollte, glaubte, sein Glied verloren zu haben. Auf den Rat eines alten Weibes hin lauerte er dem Mädchen nachts auf und würgte sie mit einem Handtuch so lange, bis diese versicherte, ihn zu heilen. Sie berührte ihn mit der Hand zwischen den Schenkeln, und wie der Jüngling sich vergewisserte, ward ihm sein Glied wiedergegeben (Sprenger und Institoris 1983, 2. Teil, S. 78f.).

Von Krankheiten nahm man an, daß sie Hexenwerk sein können, jedoch nur solche, die vorher von Hexen prophezeit wurden oder die auf unerklärliche Weise plötzlich entstanden.

»So haben wir doch gefunden, daß derlei (Krankheiten, E. H.) bisweilen durch Hexenwerk angetan worden war. Nämlich als in der Diözese Basel im Grenzgebiet von Elsaß und Lothringen ein gewisser ehrbarer Arbeiter gewisse harte Worte gegen ein gewisses zänkisches Weib ausgestoßen hatte, fügte jene unwillig Drohungen hinzu: sie wollte sich in kurzem an ihm rächen. Wiewohl er nun die Drohung gering angeschlagen hatte, fühlte er doch in derselben Nacht, daß ihm am Halse eine Pustel gewachsen war; als er aber ein wenig rieb und hinfaßte, fühlte er, daß das ganze

Gesicht samt dem Hals aufgedunsen und geschwollen war, so sehr, daß eine schauerliche Art von Aussatz auch am ganzen (übrigen) Körper erschien« (Sprenger und Institoris 1983, 2. Teil, S. 126).

Auch wilde Tiere und Haustiere konnten von Hexen krank gemacht oder umgebracht werden, indem sie diese entweder berührten oder durch ihren Blick verhexten. Manchmal legten sie auch unter die Schwelle der Stalltüre oder dort, wo die Tiere zur Tränke zu gehen pflegten, irgendein Hexenwerk. Kühe waren das beliebteste Ziel der Hexenkunst: »... so findet man ja schließlich nicht das kleinste Dörfchen, wo die Weiber nicht unaufhörlich gegenseitig die Kühe behexen, sie der Milch(absonderung) berauben und sie sehr oft umbringen« (Sprenger und Institoris 1983, 2. Teil, S. 147). Der Milchdiebstahl geschah wiefolgt:

»Manche nämlich versammeln sich zur Nachtzeit, und zwar auf Betreiben des Teufels zur größeren Schmach der göttlichen Majestät durchaus an den recht heiligen Tagen in einem beliebigen Winkel ihres Hauses, mit einem Melkeimer zwischen den Beinen; und indem sie ein Messer oder (sonst) ein Instrument in die Wand oder in eine Säule stekken und die Hände (wie) zum Melken anlegen, dann rufen sie ihren Teufel an, der ihnen immer bei allem hilft, und (die Betreffende) stellt ihm vor, daß sie von der und der Kuh in dem und dem Hause, die besonders gesund ist und mehr Überfluß an Milch hat, zu melken wünscht. Dann nimmt der Teufel plötzlich aus den Zitzen jener Kuh die Milch und bringt sie an den Ort, wo die Hexe sitzt, so daß sie gleichsam von jenem Instrumente fließt« (ebd., 2. Teil, S. 148).

Voraussetzung eines jeden Schadenzaubers, sei es des Wettermachens oder der Verursachung einer Krankheit bei Mensch oder Vieh, war ein Pakt zwischen der Hexe und dem Teufel. Diese Paktvorstellung kam erst in der frühen Neuzeit auf. Die Hexen wurden vom Teufel gegen Einsatz ihres Seelenheils mit übernatürlichen Kräften ausgestattet, die sie befähigten, aber auch verpflichteten, den übrigen

Abbildung 3: *Molkenzauberinnen: der Axtstil wird gemolken* (Geiler von Kaisersberg 1517)

Menschen Schaden zuzufügen. Der Pakt konnte nur zustande kommen, wenn ein nach außen erkennbares Zeichen für den Vertragsabschluß vorhanden war. Häufigstes Zeichen für diesen Vertrag mit dem Teufel war das sogenannte »stigma diabolicum«, das Hexenmal, welches der Teufel seiner Anhängerin bei der ersten Teilnahme am Hexensabbat einbrannte. Als Hexenmal galten Unregelmäßigkeiten der Haut wie Warzen, Narben und Leberflecken, die schmerzunempfindlich waren und beim Einstechen mit einem spitzen Gegenstand nicht bluteten (Hammes 1977, S. 77ff.). Gelegentlich wurde auch ein formeller Vertrag mit dem Teufel abgeschlossen, der mit dem Blut der Hexe unterschrieben werden mußte (Leibbrand und Wettley 1967, S. 828).

Man ging davon aus, daß der Teufelspakt in der Mehrzahl der Fälle durch den Geschlechtsverkehr zwischen Teufel und Mensch, der sogenannten Teufelsbuhlschaft, besiegelt wurde. Handelt es sich um eine weibliche Hexe, trat der Teufel in Männergestalt als Incubus (der Aufliegende) auf, den Männern erschien er als weiblicher Succubus (der Unterliegende). Der Teufel war beim Geschlechtsverkehr

Abbildung 4: *Der Teufelspakt* (Nic. Remigii Daemonolatria 1693)

nicht zeugungsfähig. Der Teufel diente in Menschengestalt lediglich als Samenvermittler. Indem er als Succubus in Weibsgestalt männlichen Samen erhielt, konnte er diesen anschließend in Mannsgestalt auf das Weib übertragen. Unter der Folter gestanden die Frauen ihre Teufelsbuhlschaften, so daß man die Welt bald voller Buhlteufel sah. Die mit dem Teufel gezeugten Kinder nannte man Wechselbälger. Auf Jahrmärkten wurden Mißgeburten und Krüppel vorgeführt, die der Teufel gezeugt haben sollte (s. Kap. V, »Die Wechselbälger«).

Abbildung 5: *Teufelsbuhlschaft* (U. Molitor 1489)

Aber auch ohne eigenes Zeugen des Teufels vergrößerte sich seine Anhängerschaft. Die Hexen weihten ihre natürlichen Kinder den Dämonen, meist ohne Wissen der Väter, oder es waren die im Hexenhammer besonders verdächtigten Hexenhebammen, die eine solche Weihe in aller Heimlichkeit vornahmen: »Wenn nämlich ein Kind geboren ist, trägt es die Hebamme, falls die Wöchnerin nicht selber schon Hexe ist, gleichsam, als wollte sie eine Arbeit zur Erwärmung des Kindes vollbringen, aus der Kammer heraus und opfert es, indem sie es in die Höhe hebt, dem Fürsten der Dämonen, d.h. Luzifer, und allen Dämonen« (Sprenger und Institoris 1983, 2. Teil, S. 138).

Diese These des Hexenhammers hatte schwerwiegende Folgen. Die Verwandtschaft mit einer Hexe galt als starkes Indiz für eigene Hexentaten. Die Frage, ob Vater oder Mutter als Hexe verbrannt worden waren, stand in den Verhöranleitungen an erster Stelle. Von der Hexentätigkeit der Eltern schloß man auf die der Kinder, da in einem solchen Fall diese regelmäßig dem Teufel geweiht seien. Ganze Familien wurden ausgerottet.

Seit dem 16. Jahrhundert gehörte die Teilnahme am Hexensabbat zum festen Bestandteil des Hexenwesens. Vor dem Flug zum Sabbatplatz salbte die Hexe ihren Körper mit einer stinkenden, wasserähnlichen Flüssigkeit ein. Paracelsus nannte die Bestandteile einer solchen Salbe: Kinderhackfleisch, Mohn, Judenkirsche und Schierling oder auch: Kinderschmalz, Fünffingerkraut, Nachtschatten und Fledermausblut. So verschieden die einzelnen Zubereitungsarten auch waren, zwei Bestandteile enthielt jede Hexensalbe, nämlich Kräuter, die geignet waren, bestimmte nervliche Reaktionen hervorzurufen, und Körperteile eines Kindes. Nachtschatten, Schierling und Bilsenkraut konnten auf Vergiftungen beruhende Ausnahmezustände hervorrufen. Nachdem die Hexe ihren Körper und den Besen mit der Hexensalbe eingerieben hatte, sprach sie die Beschwörungsformel: »oben aus und nirgends an« und flog durch den Kamin zum Hexensabbat. Gelegentlich benutzte sie auch einen Bock als Flugobjekt. So jedenfalls geben es die in diesen Punkten nahezu identischen Aussagen der Hexen in den Prozeßprotokollen aller Gegenden wieder (Hammes 1977, S. 64).

Aus dem Bericht über einen 1610 in Logrono/Spanien abgehaltenen Hexenprozeß möchte ich die wichtigsten und typischsten, sich auf den Hexensabbat beziehenden Anklagematerialien in Ausschnitten wiedergeben:

»Und nach einem solchen Zugeständnis und Versprechen (dem christlichen Glauben abzuschwören, E. H.) kommt in einer Hexensabbatsnacht der Lehrmeister, der das Anlernen des Kandidaten übernommen und ihn überredet hat, Hexer zu sein, an sein Bett oder an einen Ort, wo er schläft oder wacht, etwa zwei oder drei Stunden vor Mitternacht, und er weckt ihn auf, falls er noch schläft, und salbt ihn mit einem dunkelgrünen, stinkenden Wasser die Hände, Schläfen, Brust, Schamteile, Fußsohlen, und führt sie (die Kandidaten) auf der Stelle mit sich durch die Luft, schleppt sie durch Türen oder Fenster, die der Teufel ihnen öffnet, oder durch einen anderen kleinen Spalt oder ein Torloch; und mit großer Geschwindigkeit und Eile gelangen sie zum Hexensabbat und zum festgesetzten Platz für ihre Zusammenkünfte. Dort stellt der Hexenmeister den Hexennovizen zuerst einmal dem Teufel vor, der auf einem Sitz thront, der manchmal aus Gold erscheint und mitunter aus schwarzem Holz, mit großer Würde, Majestät und Erhabenheit, und zwar mit überaus traurigem Antlitz, häßlich und übelgelaunt ... Körper und wuchs liegen gleichsam zwischen dem eines Menschen und demjenigen eines Bockes, Hände und Füße sind mit Fingern und Zehen versehen, wie beim Menschen, jedoch sind alle gleich lang und nach vorn spitz zulaufend, mit reißenden Krallen ... Alsogleich läßt man den Novizen die Knie beugen in Gegenwart des Teufels, und er muß abschwören, in der gleichen Form und die gleichen Dinge, wie die Hexe, seine Lehrmeisterin es ihm eingeschärft hat, und der Teufel sagt ihm die Worte vor, mit denen er abschwören muß; und er (der Novize) wiederholt sie und schwört ab: zunächst Gott, alsdann der Heiligen Jungfrau und Mutter Maria … Und alsogleich nimmt er (der Novize) ihn als seinen Gott und Herrn an und betet ihn an, drückt ihm einen Kuß auf die linke Hand, auf die Brust in der Höhe des Herzens und die Schamteile, und alsogleich wendet er (der Teufel) sich auf die linke Seite und hebt seinen Schwanz (der dem Esel gleicht) und entblößt jene Körperteile, die sehr häßlich sind, und bei ihm sind sie immer sehr schmutzig und stinken sehr, und er wird auch auf diese Körperteile unterhalb des Schwanzes geküßt. Alsdann streckt der Teufel seine linke Hand aus und senkt sie über den Kopf bis auf die linke Schulter oder auch auf andere Körperteile des Novizen (je nachdem, wie es ihm gut dünkt) und markiert den Anwärter, indem er eine seiner Krallen in ihn schlägt, so daß er ihm eine Wunde zufügt und Blut ausfließen läßt, das er in einem Tuch auffängt oder auch in irgendeinem Gefäß. Und dem Hexennovizen bereitet die Wunde große Schmerzen, die länger als einen Monat dauern, und das Mal und Zeichen (bleiben ihm) für das ganze Leben …

An den Vorabenden gewisser Hauptfeste im Jahr … versammeln sie sich zum Hexensabbat, um den Teufel feierlich anzubeten, und alle beichten bei ihm und klagen sich ihre Sünden an … Und auch die Frauen opfern: Brotlaibe, Eier und andere Dinge, welche die Diener des Teufels in Empfang nehmen, und alsdann beugen sie ihr Knie vor ihm und küssen ihm die linke Hand und die Brust in Höhe des Herzens, und zwei Hexer, die das Amt der Schleppenträger wahrnehmen, heben dem Teufel den Unterteil seiner Gewänder hoch, damit man ihm die Schamteile küssen kann, und alsogleich wendet sich der Teufel auf die linke Seite: sie heben seinen Schwanz hoch und entblößen jene Körperteile, die sehr schmutzig und übelriechend sind. Und für den Augenblick, da man den Teufel unterhalb des Schwanzes küßt, hat er vorgesehen, daß er den betreffenden einen fürchterlich stinkenden Wind ins Gesicht bläßt: dies macht er (der Teufel) fast immer, wenn man ihn auf jene Körper-

Abbildung 6: *Hexenzusammenkunft auf dem Blocksberg*
(J. Praetorius Blockes-Berges Verrichtung 1669)

teile küßt … Und alsdann stellen sich alle Hexer in einem Kreis auf, und er reicht ihnen die Kommunion und gibt jedem ein schwarzes Stück (worauf das Konterfei des Teufels gemalt ist), das sehr widerlich und schlecht zu schlucken ist, und dann gibt er ihnen auch einen Schluck von einem

Getränk, das sehr bitter schmeckt und beim Trinken ihnen das Herz kalt werden läßt.

Sobald der Teufel seine Messe beendet hat, wohnt er allen bei, Männern und Frauen, fleischlich und nach Weise der Sodomiten, und ... die Königin (des Hexensabbats), ging hin und bezeichnete jene Hexen, die sich dorthin zu begeben hatten, woselbst der Teufel ein wenig abseits stand, zum gleichen Zwecke ... Und sobald der Teufel aufhört, die erwähnten üblen Dinge zu begehen und noch andere höchst schauderhafte, die wir hier übergehen, vermischen sich die Hexer untereinander, Männer und Frauen, auch Männer mit Männern, ohne Ansehen des Standes und Verwandtschaftsgrades« (Zacharias 1970, S. 56ff.).

Diese *Vorstellungen* wurden in den Anschuldigungen gegenüber den Hexen immer wieder von den Inquisitoren erfragt und von den angeklagten Frauen unter dem Eindruck der Folter bejaht.

II. Wie Frauen zu Hexen wurden

Die Hexenbeschuldigung

Waren die angeklagten Frauen weder ausschließlich Angehörige bestimmter sozialer Gruppen oder Berufe noch in besonderem, auffälligem Maße im Besitz magischer Kenntnisse, so erhebt sich die Frage, wie es kam, daß man reale Frauen verdächtigte, den Hexenvorstellungen entsprechend gehandelt zu haben. Wie wurden Frauen zu Hexen?

Die Hexenbeschuldigung war Produkt eines Konflikts zwischen der Frau, die als Hexe beschuldigt wurde, und den Hexenbeschuldigern. Labovie beschreibt die Angeklagten in den saarländischen Hexenprozessen als aufsässige, konfliktfreudige Gemeindemitglieder, die oft über Jahre in sozialen, familiären oder persönlichen Beziehungen und Abhängigkeiten zu den Zeugen und Beschuldigern standen:

»Statt dessen scheinen die Beziehungen zwischen Zeugen und Angeklagten geprägt von Verwandtschafts-, Bekanntschafts-, Nachbarschafts- oder Liebesverhältnissen, von Dienstleistungsverhältnissen und vor allem persönlichen Konflikten jeder Art. In 59% der Fälle stammten die Angeklagten und Zeugen aus demselben Ort, in den übrigen Fällen aus einem zumeist direkten Nachbarort« (Labovie 1991, S. 189f.).

Es bestanden Konflikte, die zu heftigen Aggressionen

führten, wobei die angeklagte Frau in der Regel benachteiligt und ungerecht behandelt worden war, so daß man deren Rache fürchtete. Schadenzauber galt als typisch weiblicher Racheakt. Die Zeugenaussagen konzentrierten sich demzufolge auch darauf, der Angeklagten einen plausiblen Grund für die Rache nachzuweisen. Schadenzauber mit Hilfe von Magie galt als gefürchteter weiblicher Racheakt, der sich Frauen anbot, da für sie der Rechtsweg wesentlich beschwerlicher war (Ahrendt-Schulte 1995, S. 177). Wie bereits beschrieben waren 80% der Ankläger in den Hexenprozessen Männer (Weber 1996, S. 63).

Thomas (1973; 1979) betont, daß den angeklagten Frauen in der Regel zuvor ein Unrecht zugefügt wurde, so daß man deren berechtigte Rache fürchtete. Außer vielleicht ein paar Verwünschungen auszustoßen, hatten die Frauen in der Regel keine Handlungen unternommen, die zu dem Schaden führten, für den sie angeklagt wurden. Hexerei wurde als Erklärung für sonst nicht zu erklärende Unglücksfälle, wie der plötzliche Tod eines Kindes, das Mißlingen einer gewöhnlichen Arbeit, die plötzliche Erkrankung oder der Verlust eines Haustieres herangezogen. Besonders im Bereich der Krankheiten zog man häufiger Hexerei als Erklärung heran (Thomas 1979, S. 256ff.).

Hexerei wurde aber nur dann als Ursache herangezogen, wenn man bereits einen Verdächtigen im Auge hatte. Die beschuldigte Frau war selten eine Fremde. Meist stammte sie aus der Nachbarschaft oder lebte im selben Dorf. Sie stand oft in einer persönlichen Beziehung zum sogenannten Hexenopfer. Nach dem Unglück erinnerte sich das Opfer an eine Drohung oder ähnliches und glaubte nun, daß die Aggression dieser Person die Ursache des Unglücks sei. Die Aggression mußte allerdings berechtigt sein, die Hexe mußte einen Grund haben, ihrem Opfer Böses zu wünschen.

»Eine nähere Untersuchung der Fälle, in denen die Umstände angemessen rekonstruiert werden können, zeigt, daß die Anklage normalerweise nur dann erhoben wurde, wenn der Kläger nicht nur das Gefühl hatte, die Hexe hege einen Groll gegen ihn, sondern wenn der Groll berechtigt war. Mit anderen Worten, man hielt die Hexe nicht für jemanden, der aus bloßer Rachsucht agierte; vielmehr ahndete sie ein klares Unrecht. Es ging nicht darum, daß Opfer und Hexe sich vorher gestritten hatten. Entscheidend ist paradoxerweise, daß eher die Hexe moralisch im Recht war und nicht das Opfer« (Thomas 1979, S. 278).

Schauen wir uns einige Beispiele an, die zu einer Hexenbeschuldigung führten: 1579 weigerte sich die Frau von Richard Saunders der Margaret Stanton aus Wimbish Hefe zu geben, worauf ihr Kind schwer erkrankte. Die Frau von Robert Cornell weigerte sich, derselben Milch zu geben, sie erkrankte wenig später an einer großen Geschwulst. John Hopwood schlug ihre Bitte um einen Lederriemen ab, und sein Wallach verendete (Thomas 1979, S. 280). Ein Hausherr des 17. Jahrhunderts beschreibt eine solche Begegnung mit einer vermeintlichen Hexe:

»Denn neulich, so sagt er, ist so ein alter Mann oder eine alte Frau an meine Tür gekommen und hat um eine Gabe gebeten, die ich verweigerte und, Gott vergib mir, ich spürte in mir einen Zorn gegen sie hochsteigen ... und alsbald benahm sich mein Kind, meine Frau, ich mich selber, mein Pferd, meine Kuh, meine Schafe, meine Schweine, mein Hund, meine Katze oder etwas anderes auf so seltsame Art, daß ich schwören könnte, es war eine Hexe, oder wie sonst könnte es so etwas geben?« (Thomas 1979, S. 279)

Die Anlässe, die eine Hexe zu berechtigten Angriffen bewegen konnten, waren vielfältig. Manchmal hatte sich ein Opfer geweigert, eine Schuld abzutragen, die die Hexe einforderte, eine Frau kaufte Eier und bezahlte diese nicht, ein Diener stahl seiner Herrschaft einen Handschuh. Das häufigste Vorkommnis war jedoch die Situation, daß das Opfer gegen die Moral der Wohltätigkeit oder des gutnachbarlichen Verhaltens verstoßen hatte, indem es einer alten Frau, die etwas zu essen oder zu trinken erbat, Geld oder irgendeinen Haushaltsgegenstand leihen wollte, die Tür gewiesen hatte. Die Mehrheit der vollständig dokumentierten

Hexenfälle entspricht nach Thomas diesem einfachen Muster. Die Hexe wird mit leeren Händen weggeschickt, vielleicht murmelt sie dabei eine Verwünschung, und bald danach passiert ein Unglück.

Abbildung 7: *Die Bettler an der Haustür* (Rembrandt 1648)

Hexerei war also ein Vorgang, der sich in den Köpfen der Hexenbeschuldiger abspielte, der nichts mit dem realen Verhalten der Frauen zu tun hatte. Die Frauen hatten den Schaden nicht selbst erzeugt, den man ihnen vorwarf. Das Opfer interpretierte ein zufälliges Ereignis, wie das Einschlagen eines Blitzes, als von der Hexe erzeugten Schaden, weil er einen Schaden von der Hexe aufgrund seines eigenen, unmoralischen Verhaltens erwartete.

Die Angst vor der Rache einer Hexe konnte allerdings auch zu einer Selbstbeschädigung des Opfers führen, wie etwa in einigen Fällen von Krankheit und Impotenz. Die Furcht konnte gelegentlich so groß werden, daß bereits die *Absicht* einer unmoralischen Handlung zu einer Selbstbeschädigung des Opfers führte.

Der Jüngling aus der Stadt Regensburg glaubte, sein Glied verloren zu haben, nachdem er sein Mädchen im Stich lassen *wollte*. Auf den Rat eines alten Weibes hin, lauerte er dem Mädchen nachts auf und würgte es mit einem Handtuch so lange, bis diese versicherte, ihn zu heilen. Sie berührte ihn mit der Hand zwischen den Schenkeln und wie der Jüngling sich vergewisserte, ward ihm sein Glied wiedergegeben (Sprenger und Institoris 1983, 2. Teil, S. 78f.). Es war also das eigene schlechte Gewissen, das die Richtung wies, in der man nach der Ursache für das erlittene Unglück suchen mußte.

Lauers Barbell stammte, wie ihre ganze Familie, aus Merchingen, das um das Jahr 1600 etwa 100-120 Einwohner zählte. Barbell wurde 1540 in Merchingen geboren und wuchs zusammen mit ihrer Schwester Sunna im Elternhaus auf. Nachdem sie frühzeitig das elterliche Haus verlassen hatte, um sich als Magd bei einem Bauern in Esch bei Trier zu verdingen, kam sie bald ins Elternhaus zurück. Sie hatte in der Ferne einige Enttäuschungen erlebt. Sie hatte sich mit dem Knecht ihres Meisters eingelassen, war von ihm geschwängert worden und hatte das Kind verloren, das ihr Geliebter zuvor nicht angenommen hatte. Barbell war sogleich nach Bekanntwerden der Schwangerschaft ohne den ihr zustehenden Lohn entlassen worden. Sie heiratete den Bauern Lauers Claß. Die Gerüchte über ihre Erfahrungen in der Ferne versiegten jedoch nicht. Sie bekam eine Tochter, das einzige Kind der Eheleute. Damals traf sie sich häufiger mit einer Nachbarin, die 1583 wegen sich häufender Zaubereiverdächtigungen den Ort Hals über Kopf verlassen mußte. Die Schwester hatte ebenfalls geheiratet und lebte mit ihrem Mann, ihren zwei Söhnen und einer Tochter in der Nachbarschaft. Irgendwann kam es zum Streit zwischen den Schwestern, woraufhin Barbell Drohungen gegen ihre Nichte ausstieß. Als eines der Pferde der Schwester starb, bezichtigte der Neffe Barbell der Hexerei. Barbell beschuldigte ihren Neffen des Diebstahls und des Versuchs, ihren Pferden die Sehnen durchgeschnitten zu haben. Die Konflikte mündeten in weitere Drohungen und Barbell verprügelte ihren Neffen bei einer Gelegenheit. Der ganze Körper des Neffen schwoll nach einer solchen Auseinandersetzung für mehrere Wochen an und nun mehrten sich die Verdächtigungen. Eine Nachbarin beschuldigte Barbell beim Kindbettbesuch, ihr durch Berührung der Brust ein ganzes Jahr Schmerzen angehängt zu haben. Sie sei zudem für den Tod ihres jüngst, ganz plötzlich verstorbenen siebenjährigen Sohnes verantwortlich. Barbell wurde von mehreren Verurteilten als Hexe bezichtigt. Als Barbells Schwager plötzlich erkrankte und seine Schwägerin Barbell als Verursacherin seiner Leiden bezichtigte, dieser kurz danach starb, schien Barbells Gefangennahme unausweichlich. Durch das beherzte Eintreten ihres Mannes konnte dies noch abgewendet werden. Die Schwester verbreitete weiter Gerüchte, Barbell bemühte sich durch Gastfreundlichkeit dem entgegenzuwirken. Als ein Tagelöhner, den Barbell mehrere Wochen verköstigte, plötzlich nach einem Essen erkrankte, sie der Zauberei verdächtigte und verstarb, wurde Barbell inhaftiert. Der Tote wurde inspiziert und aufgrund seines ungewöhnlichen Aussehens als verhext angesehen. Der Neffe von Barbell erhob zusammen mit drei weiteren männlichen Einwohnern Anklage wegen Zauberei. Weitere, mit Ausnahme der Schwester und einer Nachbarin, ausnahmslos männliche Zeugen bestätigten den Verdacht gegen Barbell, darunter ein Kecht, der behauptete vor 13 Jahren krank in einem Stall mit einem Maß Wein gelegen zu haben. Als er gerade ausgetrunken hatte, sei ihm Barbell vor seinem Bett erschienen, habe seinen

Weinkrug berührt und ihn angetastet, jedoch keinen Schaden anrichten können, weil er sich zuvor gesegnet hatte. Unter der Folter nannte Barbell 20 Komplizen, darunter die Schwester und deren Sohn. Einen Monat nach der Hinrichtung von Barbell wurden auch die Schwester und ihr Sohn dem Feuertod übergeben (Labovie 1991, S. 155ff.).

Barbell verließ wahrscheinlich nicht ohne Grund früh das Elternhaus, sie unterdrückte sowohl ihre sexuellen als auch aggressiven Gefühle wenig, was Angst erzeugt haben mag. Dabei wurde ihr in vielerlei Hinsicht Unrecht zugefügt. Sie wurde ohne den ihr zustehenden Lohn verjagt, der Neffe bestahl sie ihrer Meinung nach und der Tagelöhner lebte auf ihre Kosten. Die Angst vor Barbells Rache und die sich zuspitzende Hexenverdächtigung war ein Prozeß, der sich über zehn Jahre hinzog. Vielleicht hatte sie den Knecht am Bett wirklich zu verführen gesucht, und seine Ablehnung ließ ihn ihre Rache fürchten. Seine Angst war noch 13 Jahre später so dominant, daß er den Drang verspürte, Barbell zu vernichten. Die Angst vor Barbells Rache führte offenbar zu zahlreichen psychosomatischen Reaktionen, die wiederum als ihr Hexenwerk ausgelegt wurden und die Angst erhöhten. Aufgrund der Angst vor Rache mögen auch reale Krankheiten, die Schmerzen der Nachbarin beispielsweise, als von ihr erzeugt interpretiert worden sein.

Psychoanalyse der Hexenbeschuldigung

Ist Hexerei kein Schaden, den eine Hexe erzeugt hat, sondern das Ergebnis psychischer Konflikte, indem ein Schaden entweder durch Angst selbst erzeugt wird oder ein zufälliges Ereignis als von der Hexe hervorgerufen interpretiert wird, so müssen wir uns die unbewußten, psychischen Prozesse anschauen, die einen solchen Vorgang möglich machen. Denn bewußt waren diese Vorgänge den Menschen nicht, sie glaubten fest an die Existenz von Hexen und deren Schadenzauber.

Aggressionen gegen meist alte, wehrlose Frauen, die Verweigerung einfacher Hilfeleistungen lösten Angst vor Vergeltung aus. Götter und Dämonen regelten von jeher das moralische Leben der Menschen. Die Furcht, der Rache von Hexen ausgeliefert zu sein, war ein wirksames Abschreckungsmittel gegen die Nichtbeachtung der alten Moral der gegenseitigen Hilfe, denn moralisch waren die Hexen im Recht. Melanie Klein (1972, S. 52) sieht in den Verfolgungsängsten vor total bösen Vorstellungsbildern die frühesten Äußerungen des Gewissens. Die Hexenbeschuldigung weist auf einen Über-Ich-Konflikt hin. Die Hexe erscheint als frühe Über-Ich-Imago.

Betrachten wir den von Thomas beschriebenen Hausherrn. Nachdem er die Frau abgewiesen hatte, vielleicht hat sie noch eine Verwünschung in ihrer Wut ausgestoßen, ging diese von dannen. Der Hausherr aber blieb in der Erwartung und Angst zurück, daß diese sich nun an ihm rächen werde. Alles interpretierte er jetzt als Zeichen ihrer Rache. Die Frau wurde für ihn immer mächtiger und dämonischer. Sie hatte nichts mehr gemein mit der Frau, die sie war, als sie an seine Türe klopfte. In der *Vorstellung* des Hausherrn war sie zur Hexe geworden. Bei Barbell zog sich die Hexenverdächtigung über zehn Jahre hin, und es bedurfte zahlreicher Konflikte, die sie in den Vorstellungen der Menschen zur Hexe werden ließen.

Die Psychoanalyse versteht diesen Vorgang als *projektive Identifizierung*. Der Hausherr projiziert seine eigenen Aggressionen und Verfolgungsgefühle (archaische Form von Schuldangst) auf eine andere Person, in diesem Fall die alte Frau. Das Vorstellungsbild der Hexe ist eine Imago, ein inneres Bild, das eigene Aggressionen enthält. Erst durch die eigenen Impulse, die er auf die Frau projiziert, wird diese so böse und rachsüchtig. Da es sich nicht um eine reife Form der Projektion handelt, bei der der Impuls nicht mehr als der ursprünglichen Person zugehörig empfunden wird, sondern um eine sehr archaische Form der Projektion, bleibt der Hausherr weiterhin mit seinem Impuls, mit seinen Aggressionen und Ängsten vor Vergeltung verbunden. Ständig erwartet er nun eine Aggression von seiten der Frau. Kernberg (1978, S. 44ff.) bezeichnet dies als empathische Bindung, die Angst und die eigene Aggression bleibt also erhalten und wird durch die immer bedrohlicher werdenden Züge der Frau noch weiter verstärkt. Reale Ereignisse, die nun als von der Frau erzeugter Schaden interpretiert werden, lassen die Züge der Frau immer bedrohlicher erscheinen. Die empathische Bindung macht verständlich, warum die vermeintliche Hexe nach einem Schaden, der ja oft nicht unmittelbar der Zurückweisung der Frau folgte, immer schnell gefunden wurde. Hexerei wurde nur dann in Erwägung gezogen, wenn man schon jemanden in Verdacht hatte.

Kernberg beschreibt, wie durch den Vorgang der projektiven Identifizierung das Objekt, also die Person auf die die eigenen Impulse projiziert werden, immer bedrohlicher wird und schließlich aus Angst heraus der Drang entsteht, diese Person zu kontrollieren, wobei die Vernichtung sicher die größtmögliche Form der Kontrolle darstellt: »Ihre fortbestehende ›Empathie‹ mit dem nun bedrohlichen Objekt erhält und vermehrt die Furcht vor der eigenen projizierten Aggression. Deshalb müssen sie das Objekt kontrollieren, um es daran zu hindern, sie unter dem Einfluß der (projizierten) aggressiven Impulse anzugreifen; sie müssen das Objekt angreifen und kontrollieren, bevor (wie sie fürchten) sie selbst angegriffen und zerstört werden« (Kernberg, zit. n. Rohde-Dachser 1979, S. 495).

Die Vorstellung von immer bedrohlicher werdenden Objekten setzt den Abwehrmechanismus der *Spaltung* voraus. Erst total böse Objekte, das Bild der Hexe ist ein solches, ermöglichen den Durchbruch heftigster Aggression ohne Schuldgefühle.

Der Vorgang der projektiven Identifizierung besteht aus drei Schritten, beziehungsweise Aspekten. Zunächst besteht der Vorgang – wie gerade beschrieben – darin, daß ein Teil eigener Impulse in eine andere Person projiziert werden und die Phantasie entsteht, dieser Teil kontrolliere die Person von innen her. Dann wird durch zwischenmenschliche Interaktion Druck ausgeübt, so daß der Empfänger der Projektion sich gedrängt fühlt, so zu denken, zu empfinden und zu handeln, wie es der Projektion entspricht, er soll sich mit den projizierten Impulsen und Gefühlen identifizieren. Schließlich werden die projizierten Gefühle vom Projizierenden wieder reinternalisiert, nachdem sie vom Empfänger psychisch verarbeitet wurden (Ogden 1988, S. 2).

Den ersten Teil des Vorganges, die Projektion eigener Impulse, haben wir deutlich erkennen können. Wie sieht es nun mit dem zweiten Schritt aus? Gab es eine zwischenmenschliche Interaktion zwischen Projizierendem und Empfänger, in der Ersterer den Anderen drängte, sich seiner Projektion entsprechend zu verhalten? Die Projektion muß bestätigt werden, wobei sich der Projizierende häufig der Manipulation der Realität bedient und die Realitätsprüfung untergräbt. Der Projizierende übt einen ungeheuren Druck auf den Empfänger aus, daß dieser sich seiner Projektion entsprechend verhält (Ogden 1988, S. 5).

Nun, genau dieses können wir beim Hexenbeschuldiger feststellen. Er bedurfte der Zusicherung, daß die Frauen wirklich Hexen waren. Durch Hexenproben, Indizien und Denunziation manipulierte er den Schuldbeweis. Aber damit war er noch nicht zufrieden. Keine Hexe konnte ohne Geständnis hingerichtet werden. Die Frauen mußten bekunden, daß sie sich mit dem Impuls identifiziert hatten, daß sie Hexen geworden waren. Das Geständnis war zentrales Moment der Hexenprozesse. Nur um dieses zu erhalten, hat man die Rechtspraxis verändert, das Wesen der Folter seinem ursprünglichen Zweck entgegengesetzt. Da eine Verurteilung der Hexe im Grunde schon vor der Folter stattgefunden hatte, kann die entscheidende Bedeutung des Geständnisses nur im Hinblick auf die unbewußten Motive der Hexenbeschuldiger gesehen werden. Diese brauchten das Geständnis zur Bewältigung ihrer Angst und Aggression. Nur wenn die Frau gestand, daß sie eine Hexe war, konnte der Hexenbeschuldiger sicher sein, daß sein eigener Impuls die Frauen von innen her kontrollierte und daß dieser bei ihnen untergebracht war. Die Frauen hatten sich mit den projizierten Aggressionen und Vorstellungen identifiziert. Dabei schien es für den Hexenbeschuldiger keine Rolle zu spielen, daß dieses Geständnis nur durch die Folter erzeugt wurde. Seine Realitätsprüfung war in diesem Bereich untergraben. Erst jetzt konnte die Vernichtung der Frau zur Linderung seiner Aggression und Vergeltungsangst führen. Mit der Frau wurden seine projizierten Gefühle vernichtet.

Im dritten Schritt wurden nun die dergestalt »verarbeiteten« Gefühle reintrojiziert. Den Konflikt aufgrund seines eigenen unmoralischen Verhaltens hatte der Hexenbeschuldiger externalisiert, also nicht innerpsychisch ausgetragen, sondern mit Personen seiner Umwelt. Seine Aggression und Angst wurde mit dem Verbrennen der Hexe ausgelöscht. Die kollektive Verurteilung der Hexe, diese wurde ja durch ein offizielles Gericht hingerichtet, hat den unmoralischen Hexenbeschuldiger zudem darin gestärkt, daß er der moralische ist, denn er stand auf seiten des Gerichts. Er konnte sich nach der Hinrichtung der Hexe als guter Mensch erleben, seine eigenen Aggressionen und Vergeltungsvorstellungen waren legal vernichtet worden.

Der Hexenbeschuldigung lag somit folgende unbewußte Dynamik zugrunde: Verweigerung einfacher Hilfsleistungen oder andere aggressive, unmoralische Handlungen durch den späteren Hexenbeschuldiger. Dieser entwickelte Vergeltungsängste in Form einer sich an ihm rächenden Hexe. Es erfolgt eine Projektion des Bildes einer vergeltungssüchtigen Hexe auf die abgewiesene Frau. Durch die empathische Bindung an seine eigenen Impulse bleibt der Hexenbeschuldiger in der Erwartung, daß die Frau sich rächen wird. Schadensereignisse werden jetzt als durch die Frau erzeugt interpretiert und erhöhen die vergeltungssüchtigen Aspekte der Frau in der Vorstellung des Hexenbeschuldigers. Aus Angst vor den Angriffen muß der Hexenbeschuldiger jetzt selbst angreifen. Die Frau wird als Hexe beschuldigt. Durch die Gerichtspraxis wird sie gedrängt, sich als Hexe zu bekennen. Für den Hexenbeschuldiger ist es notwendig, daß sie gesteht. Nur dann ist er sicher, daß sie sich mit seinen Impulsen und Vorstellungen identifiziert hat. Nach dem Geständnis wird sie hingerichtet und der Hexenbeschuldiger fühlt sich erleichtert, von seinen eigenen unangenehmen Impulsen befreit. Die Vernichtung dieser Impulse wird reintrojiziert. Er fühlt sich nicht mehr verfolgt, zumindest bis zum nächsten unmoralischen Verhalten seinerseits.

Der psychische Vorgang der projektiven Identifizierung kann uns noch weitere Phänomene des Hexenwahns verständlich machen. Folge der projektiven Identifizierung ist nach Kernberg (1978, S. 153ff.) ein Verlust der Ich-Grenzen *in diesem Bereich*, die Zuordnung eines Impulses als von der eigenen oder fremden Person kommend ist nicht mehr möglich. Mangelhafte Angst- und Impulskontrolle sind die Folge und das Auftauchen primärprozeßhaften Denkens.

Die gesamten Vorstellungen, die sich um das Tun und Treiben der Hexen drehen, zeigen das Auftauchen primärprozeßhaften Denkens. Logik, Kausalität und empirische Beweise sind außer Kraft gesetzt. Der Schadenzauber beispielsweise wurde durch Verschiebung auf einen analogen Vorgang bewirkt, nicht durch kausale Verursachung. Der bereits geschilderte Milchdiebstahl geschah, so die Vorstellungen der Menschen, indem die Hexe einen Eimer zwischen die Beine stellte und aus einem in der Wand befestigten Messer die Milch stahl. Aus dem Messer floß die Milch der Kuh der zu schädigenden Person. Regen oder Hagel wurden verursacht, indem die Hexe auf einem Feld eine Grube aushob, Wasser hineinschüttete und dieses umrührte, daß es gen Himmel zog. Die Hexenproben bezeugen das Ablegen empirischer Beweise. Weil ein leicht und luftig Geist in ihnen wohnte, mußten die Hexen leichter sein und deshalb bei der Wasserprobe schwimmen oder bei der Wiegeprobe auffallen. Die Realitätsprüfung war derart getrübt, daß nicht erkannt wurde, daß niemand eine Chance hatte, seine Unschuld zu beweisen.

Dabei muß man bedenken, daß die Hexenbeschuldiger ansonsten in ihren Berufen tüchtige Bürger und Bürgerinnen waren: Ärzte, Handwerker, Bauern. Die mangelhafte Angst- und Impulskontrolle führte schließlich zum Drang, die Hexe zu vernichten.

Die beschuldigten Frauen

Die Theorie der Benachteiligung, Verweigerung des Auszahlens berechtigter Ansprüche oder Almosenverweigerung als Grundlage der Hexenbeschuldigung impliziert, daß die Hexe gegenüber dem Beschuldiger in einer gesellschaftlich und ökonomisch untergeordneten Position gewesen sein mußte. Dies macht verständlich, warum die als Hexen beschuldigten Frauen meist sehr arm waren. Die neuen wirtschaftlichen Entwicklungen – Gier nach Landbesitz, Preiserhöhungen, Ausdehnung der Städte und Betonung ökonomischer Wertvorstellungen – zerstörten nach Thomas (1979) die Tradition der gegenseitigen Hilfe, während sich gleichzeitig die Lage der ärmeren Bevölkerung extrem verschlechterte. Die Verweigerung des Almosens, dessen sich die Hexenbeschuldiger schuldig machten, war, so Thomas, ein Ausdruck davon, daß die Tradition gegenseitiger Hilfe, auf der viele Dorfgemeinschaften gegründet waren, am Zusammenbrechen war. Leihen und Verschenken von Essen und Trinken gehörte zu den gutnachbarlichen Pflichten. Auch das Ausborgen von Materialien war in der Gemeinschaft üblich. Die Hexenbeschuldiger wußten genau, wenn sie ein Almosen verweigerten, daß sie gegen die alte Moral der Gemeinschaft verstießen. Es war ihnen bekannt, daß sie ihre selbstsüchtigen Interessen höher stellten als die der Gemeinschaft. Diese Verschlechterung der Lage der Bedürftigen hilft nach Thomas erklären, weshalb die Hexen in erster Linie Frauen waren, viele von ihnen verwitwet. Sie waren meist von Freunden verlassen, von den Jahren gebeugt und voller Gebrechen. Frauen zählten zu den bedürftigsten Mitgliedern der Gesellschaft. Auch Menschen mit körperlichen Defekten waren hexereiverdächtig, aber nicht wegen ihres Gebrechens, sondern weil sie durch ihr Gebrechen auf Almosen angewiesen waren (Thomas 1979, S. 288ff.). Ausschlaggebend für den Hexereiverdacht war nicht so sehr das Aussehen, sondern die soziale Lage.

Abbildung 8: *Bettlerpaar* (Endes des 15. Jahrhunderts)

Abgesehen von der Willkür der Denunziation waren es vor allem wirtschaftlich schwache, alte, am Rande der Gesellschaft lebende Frauen (Behringer 1987, S. 150), die durch ihre soziale Lage in Abhängigkeitsverhältnissen zu den Hexenbeschuldigern standen. Selbst bei der Denunziation spielte das den Frauen unterstellte Motiv eine Rolle. Oft wurden nur die Namen der unter der Folter genannten Frauen bei den Verhören notiert, die man aufgrund ihrer sozialen Lage für verdächtig hielt. Im 16. Jahrhundert hatte sich die ökonomische und soziale Situation der Frauen entscheidend verändert. Die schwere Wirtschaftskrise des 16. Jahrhunderts hatte vor allem ältere, nicht mehr voll arbeitsfähige Frauen in tiefstes Elend gestürzt.

In der Zeit vom 13. bis 15. Jahrhundert hatten die Frauen aller Gesellschaftsschichten relativ gute soziale Bedingungen. In dieser Zeit dehnte sich die handwerkliche Produktion aus. Erhöhte Nachfrage, Vermögenskonzentration und Ausweitung des Fernhandels ließen handwerkliche Tätigkeiten, städtische Dienste und Handelsbereiche immer stärker werden. Frauen arbeiteten in fast allen Zünften und nahmen regen Anteil am Geschäftsleben (Wolf-Graaf 1983, S. 15ff.). Im 13. Jahrhundert durften in Paris von 100 Berufen 86 von Frauen ausgeübt werden (Shahar 1983, S. 180). Adelige Frauen besaßen Lehnserbrecht. Da die Männer des Adels durch die vielen Kriegswirren häufig lange Zeit abwesend waren, führten die Frauen oft über lange Zeiträume die Anwesen der Familie. Sowohl auf dem Lande wie auch in der Stadt mußten Frauen die gleichen Abgaben und Steuern leisten wie Männer. Frauen konnten Bürgerrechte erwerben und selbständig Geschäfte führen. Sie hatten allerdings keine politischen Rechte, was sich während des 16. Jahrhunderts, als die Frauen aus fast allen qualifizierten Berufen vertrieben wurden, als sehr bedeutsam erwies. Frauen durften keine öffentlichen Ämter bekleiden, sie konnten auch nicht als Bevollmächtigte vor Gericht auftreten. Nur verheiratete Frauen durften ihren Mann vor Gericht vertreten. Strafprozesse durften generell nicht von Frauen eingeleitet werden.

Während des gesamten Mittelalters und der frühen Neuzeit herrschte in Europa aufgrund der vielen Kriege Frauenüberschuß. Volljährige ledige Frauen und Witwen hatten relativ viel Rechte, verheiratete Frauen unterstanden dem Ehemann. Auf dem Lande erhielten die Frauen, die auf einem Hof lebten und wohnten, Kleidung und Verpflegung. Viele von ihnen blieben unverheiratet. Einerseits verbot der Fronherr häufiger die Ehe aus Angst, zu viele Mäuler stopfen zu müssen, andererseits wollten viele Frauen auch nicht heiraten (Shahar 1983, S. 24ff.). In der frühen Neuzeit waren etwa 40% aller Frauen unverheiratet (Ozment 1983, S. 159). Wenn überhaupt, heirateten Bauern erst sehr spät mit 28-30 Jahren (Dülmen 1982, S. 200). In wohlhabenden Kreisen wurden Mädchen bereits sehr früh mit etwa 13 Jahren verheiratet, während der Mann meist schon 27-31 Jahre alt war (Shahar 1983, S. 171).

Im Mittelalter und der frühen Neuzeit lebte ein großer Teil der alleinstehenden Männer und Frauen in Klöstern oder laienreligiösen Gemeinschaften. Eine der bekanntesten dieser laienreligiösen Gemeinschaften waren die Beginen. Sie breiteten sich im 12. und 13. Jahrhundert in ganz Europa aus. Viele alleinstehende Frauen lebten in Beginenvereinigungen, in kleinen Wohngemeinschaften, und gingen einer geregelten Arbeit nach. Bescheidenheit, Solidarität und religiöse Ernsthaftigkeit waren einige der Ziele der Beginen. Sie verfaßten ihre Schriften in der Umgangssprache und betonten das individuelle Verhältnis des einzelnen Menschen zu Gott, Jesus und Maria. Während der Papst die Beginen 1216 noch als laienreligiöse Bewegung anerkannte, bezichtigte er sie 1311 der Ketzerei. Die Beginengemeinschaften wurden verboten und bald darauf auch verfolgt (Wolf-Graaf 1983, S. 50f.).

Erst im 16. Jahrhundert kam es zu einer schweren Wirtschaftskrise mit einschneidenden Veränderungen. Frauen wurden zunehmend aus den Zünften ausgeschlossen.

Viele kleine Meisterbetriebe waren nicht mehr konkurrenzfähig, sie wurden Zuarbeitsbetriebe für andere, reichere Handwerksstätten. Die Gesellinnen und Gesellen stellten jetzt Teilprodukte oder fertige Waren in ihren eigenen Wohnungen her. Sie erhielten die Rohstoffe und einen Stückpreis für die abgelieferten Waren. Das sogenannte Verlagssystem entstand. Mit der zunehmenden Armut auf dem Lande wurden auch die Bäuerinnen und Bauern unfähig, zum Verkauf ihrer Waren in die Stadt zu fahren. Verleger gaben ihnen Rohstoffe und kauften die Waren zu niedrigeren Preisen vor Ort. Die städtischen Handwerker gerieten zunehmend unter Konkurrenzdruck. Die Frauen auf dem Lande wurden immer abhängiger vom Verleger. Die Heimindustrie, einst ein Nebenverdienst, wurde immer zeitraubender und brachte immer weniger ein. Nach dem Dreißigjährigen Krieg (1618-1648) entstanden Manufakturbetriebe. Die Entwicklung neuer, großer Arbeitsinstrumente und die fortschreitende Aufteilung der einzelnen Arbeitsvorgänge förderte Arbeitshetze und Ausbeutungsmöglichkeiten. Vor allem die Frauen wurden aus den Gewerben der Städte verdrängt und führten nur noch unqualifizierte Arbeiten in den Manufakturen und Zulieferarbeiten für die Verleger durch (Wolf-Graaf 1983, S. 72ff.).

Mit den Entstehen dieser neuer Arbeitsstrukturen im 16. Jahrhundert änderte sich die Situation der Frauen entscheidend. Aus der relativ gleichberechtigten städtischen Arbeit in den Zünften wurden sie verdrängt und in die ausbeuterischen Arbeitsverhältnisse von Verlags- und Manufakturwesen hineingedrängt. Diese Arbeitsbedingungen konnten nur junge Frauen aushalten, so daß ältere Frauen nun keine Arbeit mehr finden konnten und auf Betteln oder andere Unterstützung angewiesen waren. Gleichzeitig führte im 16. Jahrhundert die schwere Wirtschaftskrise zur Verelendung breiter Teile der Bevölkerung. Die Masse der Hilfsbedürftigen konnte durch das alte System der Nachbarschaftshilfe nicht mehr versorgt werden.

Mit der schweren Wirtschaftskrise wuchs die Zahl der Bettler und Landstreicher in bedrohlichem Ausmaß an. Räuberbanden verunsicherten die Straßen (Dülmen 1982, S. 226ff.). Eine große Zahl von Menschen schloß sich dem fahrenden Volk an, dem sehr viele Frauen und Kinder angehörten. Landstreicher und Vaganten waren eine sehr bunte, keineswegs einheitliche Gruppe von Ort zu Ort ziehender Menschen: Artisten, Gaukler, ausgediente Söldner, Handwerksgesellen, Wallfahrer, Hausierer, Zigeuner und Bettler gehörten dem fahrenden Volk an.

In der zweiten Hälfte des 16. Jahrhunderts versuchte man durch harte Strafen und Verfolgungen der Landstreicherei und dem Räubertum Herr zu werden. 1536 wurde in England jeder arbeitsfähige Bettler ausgepeitscht. Bettelte er weiter, wurde ihm das rechte Ohr abgeschnitten. Wurde er ein drittes Mal beim Betteln ertappt, verurteilte man ihn zum Tode (Attali 1981, S. 91). Im 17. Jahrhundert wurde das fahrende Volk schließlich in die Armenhäuser gesteckt und zum Arbeitsdienst verurteilt. Darunter waren viele Frauen und Kinder (Wolf-Graaf 1983, S. 105).

Wir sehen, daß Frauen in besonderem Maße von den ökonomischen Umwälzungsprozessen betroffen waren, die in hohem Maße zu einer Verelendung gerade der älteren Frauen führten. Rechtlich und familiär ungesichert waren sie zunehmend auf die Hilfe anderer angewiesen, die ihnen aber aufgrund der allgemeinen Wirtschaftskrise, der Zunahme von Armut und individuellem Besitzstreben nicht mehr gewährt werden konnte.

Die Furcht vor Verhexung, die Angst vor Hexen ist das eigentliche Motiv der Hexenprozesse, das allein über die psychischen Situation der Hexenbeschuldiger verstanden werden kann und mit der sozialen Verelendung eines großen Teils der weiblichen Bevölkerung zusammenhängt. Daß die sozialen Veränderungen zu Lasten der Frauen vonstatten gingen, mag die Bereitschaft, deren Rache zu fürchten, erhöht haben. Die als Hexen verurteilten Frauen glaubten zwar oft selbst an Hexen, hielten sich aber selten selbst für eine Hexe, es sei denn sie machten unter der Folter eine solche erzwungene Aussage.

»Es gab zwar Frauen, die sich ohne Folter der Hexerei bezichtigten oder sich selbst als Teufelin bezeichneten, auch Frauen, die eine langjährige Praxis mit Zauberei und Magie hatten und deswegen vor Gericht kamen, aber die meisten Frauen und Männer, die wegen Hexerei zum Tode verurteilt wurden, hatten kaum ›Erfahrungen‹ mit außerchristlich-magischen oder kultischen Kenntnissen und reproduzierten dementsprechend unter der Folter nur das, was allgemein bekannt war und theologisch gebildete Juristen hören wollten« (Dülmen 1987, S. 130).

Die als Hexen verurteilten Frauen hatten keinerlei gemeinsames Kennzeichen, das sie als Hexen ausmachte, es sei denn ihre sozial niedrige Stellung und die Tatsache, daß sie Frauen waren.

III. Die Angst vor Hexen

Gott und Teufel, Maria und die Hexe

Um die Hexenangst der Menschen zu verstehen, müssen wir die gesamte Vorstellungswelt des 16. und 17. Jahrhunderts, in der die Hexe ihren wohlgeordneten Platz hat, betrachten. Mit dem Entstehen städtischer Kulturen im 12. und 13. Jahrhundert begann die Verehrung der Jungfrau Maria zu einem die Menschen bewegenden Phänomen zu werden. Die gesamte Kunst und Literatur war durchzogen von der Madonnenverehrung. Überall gab es Darstellungen der Mutter Gottes mit dem kleinen Jesus. Der Madonnenkult fand etwa im 15. Jahrhundert seinen Höhepunkt. Die Jungfrau Maria war die Mächtigste unter den Heiligen. Als Mutter Gottes wurde ihre Fürsprache für unfehlbar gehalten und ihre Hilfe für wirksam. Man weihte ihr einen kindlichen, überschwenglichen Kult. Man verehrte alles an der Jungfrau Maria, von der Milch bis zu den Haaren und dem Schutzmantel, den sie zunehmend gütiger ausbreitete (Romano und Tenenti 1967, S. 241). Noch im 16. und 17. Jahrhundert werden in verschiedenen Kirchen Reliquien der Jungfrau Maria verehrt. Der Anblick, gegen entsprechendes Entgeld, ersparte soundsoviele Jahre Fegefeuer. In Wittenberg umfaßte die Reliquiensammlung ein Haar und einen Tropfen Milch der Jungfrau Maria (Erikson 1975, S. 191). Auch mit weltlichen Sorgen, mit der Bitte um

Schutz und Gesundheit wandte man sich an Maria. Mit Abgaben, Beichten, Gebeten und durch Unterwerfung hoffte man auf ihre Hilfe.

Abbildung 9: *Wallfahrt zur schönen Madonna von Regensburg* (Ostendorfer 1523)

Die Vorstellungswelt der Menschen war extrem gespalten. Auf der einen Seite herrschte die Angst vor der bösen Frau, der Hexe, die Krankheiten und Unfruchtbarkeit erzeugte, und auf der anderen Seite wandte man sich an Maria mit der Bitte um Gnade und Gesundheit. Beide Vorstellungsbilder gehören in ihrer extremen Aufspaltung im 16. und 17. Jahrhundert zusammen (s. Kap. V, »Die Heiligen«).

Neben Maria und der Hexe prägte noch eine andere Figur die Vorstellungswelt der Menschen der frühen Neuzeit: der Teufel. Der Teufel, einst ein gefallener Engel, wurde seit etwa dem 14. Jahrhundert der absolute Gegenspieler Gottes, eine Art Gegen-Gott. Entsprechend hatte sein Äußeres nun Gott genau entgegengesetzte Züge. Er war ein schwarzer Mann mit Hörnern. Körper und Wuchs lagen zwischen dem eines Menschen und demjenigen eines Bockes, Hände und Füße waren mit Fingern und Zehen versehen, wie beim Menschen, jedoch alle gleichlang und nach vorn spitz zulaufend mit reißenden Krallen. Seine Stimme war schauderhaft und mißtönend, die Worte schlecht artikuliert, sein Gesichtsausdruck trübsinnig und allzeit verdrießlich. Seine hinteren Körperteile waren häßlich, schmutzig und stanken (Zacharias 1970, S. 57ff.).

Der Teufel wurde auf dem Sabbat, den ich bereits ausführlicher beschrieben habe, verehrt. Seit dem 14. Jahrhundert nimmt der Sabbat immer stärker die Gestalt eines umgekehrten Gottesdienstes, der Schwarzen Messe, an (Michelet 1974, S. 99). Der Altar war mit einem alten häßlichen Tuch bedeckt, darauf standen einige Bildwerke mit Konterfeis des Teufels, Kelche, Hostien und Meßkännchen. Das Weihwasser bestand aus dem Urin des Teufels. Das Ritual begann mit der Verleugnung Gottes und der Huldigung des Teufels. Der Kuß auf den Hintern des Teufels fand sein Gegenstück nicht nur im mittelalterlichen Lehnskuß, sondern auch im Friedenskuß der christlichen Messe. Die Initiation mit dem Hexenmal entsprach der Taufe und Firmung. Die Kommunion wurde mit einer schlecht zu schluckenden Hostie mit dem Konterfei des Teufels und einem übelschmeckenden Getränk durchgeführt. Die Hostie war meist im Gegensatz zur christlichen Messe schwarz, daher der Name Schwarze Messe. Der Teufel hielt eine Predigt, er nahm die Beichte ab, und die Königin des Hexensabbats saß – analog zur Jungfrau Maria – an der Seite Satans. Auch Opfergaben wurden dem Satan dargebracht. Der Sabbatreigen fand umgekehrt, mit dem Rücken nach innen tanzend, statt. Das Kreuzzeichen wurde mit der linken Hand unter Anrufung verschiedener Teufel ausgeführt. Der Geschlechtsverkehr mit dem Teufel wurde als unangenehm und schmerzhaft beschrieben. Sein Glied hatte Schuppen und war besonders kalt (Zacharias 1970, S. 58ff.). Im vom Teufel empfohlenen Geschlechtsverkehr, inklusive Inzest und Homosexualität, sieht Zacharias (1970, S. 32) das Gegenstück zur christlichen Agape, der spirituellen Liebe. So jedenfalls waren die Vorstellungen der Menschen der frühen Neuzeit von der Verehrung des Teufels auf dem Sabbat.

Der Teufel galt als allmächtig. Nur durch ihn konnte die Hexe über magische Kräfte verfügen. Im Teufelsbund machte er sich die Hexe untertan. Die Vorstellungen, daß Hexen dank Teufelsbuhlschaft und Teufelspakt fliegen, um Schaden zu stiften, entstanden erst im späten 13. Jahrhundert. Die Vorstellungen von nächtlichen Zusammenkünften der Hexen, dem Hexensabbat, wurden sogar erst um 1600 in den Hexenprozessen erstmals dokumentiert (Dülmen 1987, S. 128).

Die gesamte Vorstellungswelt der Menschen hatte sich im Laufe des 14. und 15. Jahrhunderts in völlig gegensätzliche Bilder gewandelt. Sie bestand aus den guten, asexuellen Bildern von Gott und Maria und den bösen, triebhaften Bildern, der Hexe und dem Teufel. Diese extreme Spaltung in gute und böse Mächte müssen wir als Ausdruck eines psychischen Prozesses begreifen. Vorstellungen von Hexen und Teufeln gab es zu allen Zeiten, aber die Inhalte der Vorstellungen waren einem Wandel unterworfen, ein Ausdruck psychischer Veränderungen.

Gegen Hexen und böse Dämonen konnte man sich von jeher mit Abwehrzauber zur Wehr setzen. Man konnte die Hexe etwa mit einem unter magischen Beschwörungsformeln geschnittenen Haselnußstecken prügeln, indem man seinen Hut auf die Erde legte und darauf einschlug. Auch gegen Milchzauber gab es zahlreiche Abwehrmittel, zum Beispiel glühenden Stahl in die Milch einzutauchen (Labovie 1987, S. 72).

Der Teufel des Mittelalters hatte ganz andere Züge als der der frühen Neuzeit. Der Teufel des Mittelalters war gemütlich, mit etwas »Bauernschläue« konnte man ihn überlisten, der Teufel der frühen Neuzeit dagegen wurde zur persekutorischen Existenzbedrohung (Hammes 1977, S. 154). Warum versagte der Glaube an die Kraft des Abwehrzaubers?

Psychogenese der Hexen- und Teufelsvorstellungen

Voraussetzung der Hexenbeschuldigungen war eine Spaltung der Vorstellungen in gute und total böse Bilder. Die Psychoanalyse bezeichnet diesen Vorgang als Abwehrmechanismus der Spaltung. Melanie Klein (1972, S. 45) zufolge ist das früheste Erleben des Kleinkindes an der Mutterbrust gespalten, sie spricht von der paranoid-schizoiden Position. Die Mutter wird noch nicht als ganze Person wahrgenommen, sondern als Teilobjekt (gute und böse Brust). Es entstehen Vorstellungsbilder der Mutter, die mit den eigenen Gefühlen, etwa Aggressionen des Kindes ausgestattet sind, sogenannte Imagines. Diese frühen Imagines können sehr schnell von gut nach böse und umgekehrt wechseln, so wie auf Hunger Befriedigung folgt und das Erleben des Säuglings wechselt.

Margaret Mahler (1975, S. 1086) hat die These aufgestellt, daß Kindern, denen während der Wiederannäherungsphase des Trennungs- und Individuationsprozesses aus der Symbiose mit der Mutter die Wiederannäherung mißlingt, also das emotionale Auftanken und Absichern bei der Mutter gestört wird, die Spaltung in total gut und total böse nicht überwinden. Unter diesen Umständen bildet sich ein mit eigenen Aggressionen aufgeladenes, böses Vorstellungsbild, das wiederum die Grundlage ist für eine mehr oder weniger dauerhafte Spaltung der Vorstellungswelt in Gut und Böse.

Neuere Erkenntnisse der Säuglingsforschung (Dornes 1993; 1997, S. 171ff.) sprechen dafür, daß in der normalen Entwicklung des Säuglings bereits frühzeitig die Fähigkeit zur Integration vorhanden ist, Spaltungen auch in dieser Zeit den Charakter eines Abwehrvorgangs haben. Die Spaltung ist ein vom Ich aktiv benutzter Abwehrvorgang, mit dessen Hilfe Angst vermieden werden soll. Gelingt der Vorgang der Integration guter und böser Erfahrungen nicht, entstehen Verfolgungsängste vor den total bösen Bildern. Das Bild von der guten, versorgenden Mutter muß geschützt werden vor der Zerstörungskraft der bösen, versagenden und strafenden Mutter, deshalb werden beide Bilder möglichst radikal gespalten. Die guten Bilder sind für die weitere seelische Entwicklung des Menschen wichtig, denn nur sie fördern die Integration und das positive Selbstgefühl. Die extrem entgegengesetzten Vorstellungsbilder müssen ständig aktiv auseinandergehalten werden, da jede Annäherung zu extremer Angst vor der Zerstörungskraft der bösen Bilder führt, also auch vor den eigenen Aggressionen, die in diesen Bildern enthalten sind.

Die Hexe können wir als eine Imago der bösen Mutter erkennen. Die Hexe schadet den Menschen, ist ihnen böse gesinnt und tötet Kinder. Ihr oral-aggressiver Charakter kommt im Märchen von Hänsel und Gretel, der kinderverzehrenden Hexe, zum Ausdruck. Aber auch in den Vorstellungen der Menschen der frühen Neuzeit. Der Milchdiebstahl gehörte zu den Hauptbeschuldigungen gegenüber den Hexen. Die Hexe ist ein Bild der versagenden, frustrierenden Mutter, das zudem die eigenen Aggressionen des

Abbildung 10: *Hexen machen ihre Salben aus Kinderleichen* (Guazzo 1626)

Kindes trägt, die es im Erleben der Frustrationen empfand. Dieses Vorstellungsbild wurde dann in der schon beschriebenen Hexenbeschuldigung auf die Frauen projiziert.

Das Bild der Hexe als eines sehr frühen, negativen Mutterbildes bekam ich selbst in meiner Arbeit als Sonderschullehrerin in einer Sonderschule für Erziehungshilfe zu spüren. In meiner Klasse mit 14 sehr aggressiven Jungen im Alter von 12-14 Jahren war es üblich, morgendliche Tauschgeschäfte durchzuführen: Butterbrot gegen Cola, Spielzeug gegen Heft. Häufig versuchten die Schüler auch die Schulmilch, die ich morgens nach der Pause verteilte, in ihre Tauschgeschäfte zu verwickeln, was ich strikt untersagte. Ich erlaubte ihnen, Tauschgeschäfte durchzuführen, mit Ausnahme der Schulmilch. Jeder Schüler sollte jeden Morgen seine Milch trinken. Diese Regel war nötig, da viele dieser Tauschgeschäfte auf Erpressungsversuchen basierten und ich verhindern wollte, daß einige Schüler unfreiwillig überhaupt keine Milch mehr bekamen. Eines morgens kam ich nach der Pause in das Klassenzimmer, das von einem Kollegen bereits aufgeschlossen worden war und sah, daß einer meiner Schüler, ein Spezialist in Sachen Erpressungsversuchen, die gesamte Schulmilch der Klasse auf seinem Tisch aufgetürmt hatte. Mich packte Wut ob dieser offensichtlichen Verletzung meiner Regel, und die Gunst der Minute erhaschend, daß noch nicht alle Schüler im Klassenzimmer waren und ich so einen Machtvorsprung hatte, packte ich die Milchtüten und stellte sie schnellstens auf meinen Tisch zurück. Zur Verteidigung stellte ich mich nun vor den Tisch, und der Kampf begann. Wie zu erwarten, schrie der Schüler nun und beschimpfte mich, ich solle ihm sofort die Milch zurückgeben, die anderen hätten ihm die Milch freiwillig gegeben. Zu meinem Erstaunen war plötzlich die gesamte Klasse eine Front gegen mich, was sonst nicht der Fall war. Alle schrien nun, ich solle die Milch zurückgeben, es sei wahr, daß sie die Milch freiwillig abgegeben hatten. Nun wollte ich natürlich wissen, wie sie dazu kamen, ihre Milch zu verschenken. Hochgradig erregt, erzählte nun der Junge, daß er die Milch gesammelt habe, da seine Mutter ein Baby erwarte und das Baby viel Milch brauche. Die Milch wäre für seine Mutter, damit das Baby gut wachse. Ich sollte sofort die Milch zurückgeben, sonst würde das Baby sterben. »Und dann sind Sie dran schuld«, schrie er mich an, und die Atmosphäre in der Klasse war eine Front des Hasses, der mir entgegenschlug. Und schon kam aus einer anderen Ecke: » Sie Hexe, Sie!« Nun hatte ich Mühe, daß die Schüler auf ihren Plätzen blieben. Nachdem ich begriffen hatte, worum es ging, konnte der zugrundeliegende Konflikt allerdings verbalisiert werden, und die Wogen glätteten sich wieder. Die Schüler identifizierten sich alle mit dem ungeborenen Kind, und ich wurde zur bösen Mutter, die es töten wollte. Nachdem ich ihnen verdeutlichen konnte, daß das Baby nicht sterben werde, daß mir gerade ihr Wachstum am Herzen lag und ich deshalb dafür Sorge trug, daß jeder seine Schulmilch bekomme, konnten sie sich beruhigen und ihre Milch trinken. Das Bild der kindertötenden, milchstehlenden Hexe hatte sich wieder in eine gute Mutter verwandelt. Die frühen Selbst- und Objektbilder können sich rasch wandeln.

Der Konflikt mit meiner Schulklasse zeigt aber auch den der Hexenbeschuldigung innewohnenden Über-Ich-Konflikt. Der Schüler hatte gegen das von mir aufgestellte Verbot verstoßen. So mußte er meine Rache und Aggression fürchten. Das archaische Über-Ich, ein sogenannter Über-Ich-Vorläufer, beruht auf Unterwerfung und Angst vor Vergeltung.

Die Hexe ist vorwiegend die gehaßte, versagende Mutter, daher die Hauptvorwürfe des Schadenzaubers, der Vernichtung von Ernte und Milchdiebstahl. Es ist also primär das orale Mutterbild, das gespalten ist in die Hexe und Maria, deren Tropfen Muttermilch beim Anblick soundsoviele Jahre Fegefeuer verhindert, die Schutz und Hilfe gewährt. Die Mutter ist immer weiblich, daher die bevorzugte Projektion des Hexenbildes auf Frauen. Der Idealisierung der Gottesmutter entspricht im Sinne der Verkehrung ins Gegenteil das Hexenbild. Die eine ist jung, die andere alt.

Das Bild der Hexe enthält neben dem Aspekt der oralen Mutter auch den der sexuell triebhaften, ödipalen Mutter. Historisch zentrierten sich die Hexenprozesse in den Anfängen um den Vorwurf des Schadenzaubers, verlagerten sich dann immer mehr auf den der Teufelsbuhlschaft. Durch das Vorherrschen des Spaltungsmechanismus wird der ödipale Triebwunsch abgespalten und in das Teufelsbild projiziert. Die Jungfräulichkeit der Maria schützt vor den inzestuösen, ödipalen Triebwünschen. Der Teufel, der mit der Hexe den Geschlechtsverkehr ausübt, gewinnt über die Sexualität Macht und Herrschaft.

Die Spaltung wird unterstützt durch Vorgänge wie die primitive Idealisierung (Kernberg 1978, S. 44ff.). Die Jungfrau Maria konnte die Funktion idealisierter Imagines übernehmen und so vor psychischer Desintegration schützen. Neben der projektiven Identifizierung, den Vorgängen der

Hexenbeschuldigung, finden wir einen dritten, die Spaltung begleitenden Vorgang: den von Allmacht und Entwertung. Zeitweilig wird Schutz bei magisch überhöhten, idealisierten Personen gesucht, dann aber wieder entstehen Gefühle eigener Macht und Potenz. Der Teufel unterwirft sich nicht Gott, sondern beharrt auf eigenen Allmachtsansprüchen (Leber 1983, S. 133).

Nach Freud ist der Teufel eine Projektionsfigur für verdrängte Impulse: »Die Dämonen sind uns böse, verworfene Wünsche, Abkömmlinge abgewiesener, verdrängter Triebregungen. Wir lehnen bloß die Projektion in die äußere Welt ab, welche das Mittelalter mit diesen seelischen Wesen vornahm; wir lassen sie im Innenleben der Kranken, wo sie hausen, entstanden sein« (1923b, S. 318).

In seiner Arbeit über »Eine Teufelsneurose im siebzehnten Jahrhundert« analysiert Freud (1923b) die Krankengeschichte des Malers Christoph Haitzmann, der sich im Jahr 1669 dem Teufel für neun Jahre verschrieben hatte. Er wandte sich, unter Krampfanfällen und Visonen leidend, nach Mariazell, um durch die Mutter Gottes von Mariazell vom Pakt mit dem Teufel erlöst zu werden. Er erhielt den mit Blut geschriebenen Pakt zurück, die Symptome traten aber bald nach seiner Heilung erneut auf.

»Es waren Visionen, Abwesenheiten, in denen er die mannigfaltigsten Dinge sah und erlebte, Krampfzustände, begleitet von den schmerzhaftesten Sensationen, einmal ein Zustand von Lähmung der Beine u. dgl. Diesmal plagte ihn aber nicht der Teufel, sondern es waren heilige Gestalten, die ihn heimsuchten, Christus, die heilige Jungfrau selbst. Merkwürdig, daß er unter diesen himmlischen Erscheinungen und den Strafen, die sie über ihn verhängten, nicht minder litt, als früher unter dem Verkehr mit dem Teufel« (Freud 1923b, S. 323).

Der Teufel erschien dem Maler zuerst in Gestalt eines ehrbaren Bürgers, bekam dann vor allem sexuelle Züge: »Das erstemal sieht er, wie schon erwähnt, den Bösen in der Erscheinung eines ehrsamen Bürgers. Aber schon das nächste Mal ist er nackt, mißgestaltet und hat zwei Paar weiblicher Brüste. Die Brüste, bald einfach, bald mehrfach vorhanden, fehlen nun in keiner der folgenden Erscheinungen. Nur in einer derselben zeigt der Teufel außer den Brüsten einen großen, in eine Schlange auslaufenden Penis« (Freud 1923b, S. 335).

Im Teufel sieht Freud den direkten Vaterersatz. Die Vatersehnsucht ist ambivalent, es gibt die zärtliche unterwürfige, aber auch eine feindselige Haltung ihm gegenüber. Gott und Teufel sind ursprünglich identisch, eine einzige Gestalt, die später in zwei entgegengesetzte Eigenschaften zerlegt wird, eine Widerspiegelung der Ambivalenz, welche das Verhältnis des Einzelnen zu seinem persönlichen Vater beherrscht. Der Vater ist das individuelle Urbild des Gottes wie des Teufels.

Im Teufelsbild sind aber auch die Strebungen des Malers selbst enthalten. In den Brüsten drückt sich nach Freud die feminine Einstellung des Malers dem Vater gegenüber aus, die in der Phantasie gipfelt, dem Vater ein Kind zu gebären (neun Jahre der Verschreibung). Die feminine Einstellung wird als Folge der Kastrationsdrohung dann verdrängt. Freud übersieht nicht, daß die Brüste auch Ausdruck einer starken Mutterfixierung sein können, einer Zärtlichkeit, die von der Mutter auf den Vater verschoben ist, die wiederum für die Feindseligkeit gegenüber dem Vater verantwortlich ist. Vielleicht sei der Maler auch einer jener Typen, »die als ›ewige Säuglinge‹ bekannt sind, die sich von der beglükkenden Situation an der Mutterbrust nicht losreißen können und durchs ganze Leben den Anspruch festhalten, von jemand anderem ernährt zu werden« (Freud 1923b, S. 351f.).

Enthält der Teufel die ödipalen Wünsche, die auf die Mutter gerichtet sind, wenn der Maler sagt: »Waß aber geschechen, waiß ich wol, ist mir aber selbes auszusprôchen unmöglich« (Freud 1923b, S. 350). In der Besessenheit des Malers gewinnt mal die Abwehr, die Unterwerfung unter die idealisierte, asketische Jungfrau und den strafenden Christus, und mal das Abgewehrte, der Teufel, die Ich-

Kontrolle. Die Betonung des Vaterersatzes beruht auf einem Übersetzungsfehler, wohl einer Fehlleistung Freuds, der als Auslösesituation der Teufelsneurose den Tod des Vaters anführt. In den Quellen heißt es »ex morte parentis« (Freud 1923b, S. 326), was Tod der Eltern bedeutet, nicht Tod des Vaters. Ist die Hexe die Imago der oral-aggressiven, inzestausübenden bösen Mutter, so erscheint der Teufel als Projektion eigener, sexueller Allmachtsphantasien, wobei die Imago des Teufels durchaus auch Anteile des ödipalen Objekts, vor allem des Vaters, enthält. Die Frage ist, warum die Triebe und Affekte in der frühen Neuzeit nur noch durch extreme Spaltungsprozesse abgewehrt werden konnten.

Kindheit in der frühen Neuzeit

Verstehen wir das Hexenbild psychodynamisch als Ausdruck eines extremen Spaltungsmechanismus, so müssen wir die Frage nach den Kindheitsbedingungen in der frühen Neuzeit stellen. Auch wenn ein Übermaß an oraler Aggression, das für den Spaltungsmechanismus verantwortlich gemacht wird (Kernberg 1978, S. 63ff.; Klein 1972, S. 106ff.), allein genommen sicher kein historisches Phänomen erklären kann.

So unterschiedlich die Ergebnisse einzelner Forscher zur Geschichte der Kindheit auch sind, in einem Punkt ist man sich einig: In der frühen Neuzeit änderte sich die Einstellung der Eltern zu ihren Kindern fundamental. Das Konzept der Kindheit war einem tiefgreifenden Wandel unterworfen. Kindheit wurde nach Ariès (1975) erst im Laufe des 16. Jahrhunderts »entdeckt«. Vorher waren Kinder und Erwachsene weder räumlich noch kulturell getrennt. Kinder nahmen früh an den Geschäften der Erwachsenen teil. Die im Laufe des 16. Jahrhunderts beginnende und im 17. Jahrhundert durchgesetzte Ausgliederung der Kinder aus dem Leben der Erwachsenen, die sich in der Entwicklung einer speziellen Kleidung für Kinder, der Erfindung besonderen Spielzeugs und in der Tendenz zur Übergabe der Kinder an speziell auf das Lernen ausgerichtete Institutionen zeigte, erscheint bei Ariès als Weg der Kinder aus der Freiheit und Ungezwungenheit ganzheitlicher Lebenswelten in die pädagogische Dressur einer Gesellschaft, die ihre Lebensbereiche immer stärker institutionell aufzugliedern strebte.

Ariès Interpretation steht im Widerspruch zu den Forschungsergebnissen der psychohistorischen Sicht von deMause und seiner Forschergruppe (1982). Diese kommen zwar auch zu dem Ergebnis, daß Kindheit erst im 16. Jahrhundert als eigener Lebensbereich entdeckt worden ist, doch ziehen sie andere Quellen heran und kommen zu völlig anderen Schlußfolgerungen: »Die Geschichte der Kindheit ist ein Alptraum, aus dem wir gerade erst erwachen. Je weiter wir in der Geschichte zurückgehen, desto unzureichender wird die Pflege der Kinder, die Fürsorge für sie, und desto größer die Wahrscheinlichkeit, daß Kinder getötet, ausgesetzt, geschlagen, gequält und sexuell mißbraucht wurden« (deMause 1982, S. 12).

Die Weggabe des Kindes zur Amme breitete sich in den Städten aus und ist Ende des 17. Jahrhunderts in allen Gesellschaftsschichten der städtischen Einwohner üblich (Badinter 1984; Marvick 1982, S. 373). Das Ammenwesen der frühen Neuzeit muß man ausdrücklich unterscheiden von der bis dahin üblichen Praxis der Versorgung von Kindern durch Ammen. Ammen gab es zu allen Zeiten, aber nur in den herrschenden Schichten, und dort wurden die Ammen üblicherweise ins Haus geholt, sie waren daher eher Kindermädchen und begleiteten den Schützling die ganze Kindheit über (McLaughlin 1982, S. 167ff.). Die Ammen vorhergehender Zeiten waren so ein guter Ersatz für die physiologische Mutter. Dies entspricht aber nicht mehr der neuen Praxis des Ammenwesens in der frühen Neuzeit.

Es gab drei Methoden, eine Amme auszuwählen. Entweder wählte man die Amme vor der Geburt des Kindes sorgfältig aus, was nur der obersten Schicht möglich war, oder man überließ die Auswahl dem Zufall oder einem Vermittlungsbüro. Die letzte Methode wurde immer beliebter. Bereits im 13. Jahrhundert gab es in Paris das erste Vermittlungsbüro. Je mehr sich das Ammenwesen ausbreitete, desto weiter wurden die Kinder verschickt. Die Ammenplätze rund um die Stadt waren die teuersten. Die Transportbedingungen waren katastrophal. Je nach Jahreszeit starben auf der Reise 5-15% der Säuglinge: »Mal kommt es vor, daß eine Vermittlerin sechs Kinder auf einem kleinen Wägelchen mitnimmt, einschläft und nicht bemerkt, daß ein Baby herunterfällt und, von einem Rad überrollt, stirbt. Mal werden einem Gespannführer sieben Säuglinge anvertraut, von denen er einen verliert, ohne daß man in Erfahrung hätte bringen können, was aus ihm geworden ist. Ein andermal werden drei Neugeborene einer alten Frau anvertraut, die angibt, nicht zu wissen, zu wem sie sie bringen soll« (Badinter 1984, S. 94).

Kam das Kind nach zwei Jahren in das ihm unbekannte Elternhaus zurück, mußte es mit den vorerst fremden Geschwistern, Halbgeschwistern und Cousinen um die Gunst der Eltern konkurrieren. Die Kinder blieben etwa bis zum Alter von sieben oder neun Jahren im Elternhaus. In der Stadt begann zu diesem Zeitpunkt die institutionelle Erziehung. Hier wurde besonderes Gewicht auf Gehorsam und Disziplin gelegt. Angst und Schläge waren in den Klassenzimmern vorherrschend (Ross 1982, S. 282ff.).

Bei den Handwerkern wurden die Kinder zu anderen Familien in die Lehre geschickt. Jeder, so reich er auch war, schickte seine Kinder in die Haushalte anderer Leute, damit sie dort arbeiteten (Tucker 1982, S. 354). Im fremden Haushalt sollten die Kinder, wie schon im Elternhaus, Respekt und Unterwürfigkeit lernen. Kinder sollten bescheiden gekleidet und abgehärtet werden. Um sie abzuhärten, gab man ihnen oft nicht viel zu essen. Kinder standen häufig beim Essen und aßen die Reste der Mahlzeiten auf: »Sie sollen zähes Fleisch bekommen, so würden sie ihr Mahl nicht herunterschlingen, und bis zum Alter von zwanzig

Jahren sollen sie beim Essen stehen, während eines der Kinder laut vorliest. Sie sollen nicht länger als sechs oder acht Stunden schlafen« (Ross 1982, S. 293).

Die erneute Weggabe des Kindes in den fremden Haushalt wurde damit begründet, daß die Kinder dort bessere Manieren lernen sollten. Tucker (1982, S. 355) bezweifelt dies und hält ganz pragmatische Gründe für die Ursache. Von fremden Kindern konnte man sich eher bedienen lassen, ihnen konnte man die schlechteren Speisen geben und jeden Komfort abstreiten. Wären die Kinder wirklich zum Erlernen besserer Sitten in die Haushalte verschickt worden, hätten sich die Eltern, so Tucker, bemüht, die Kinder nach Beendigung der Lehre wieder zurückzuholen. Dies geschah aber in den seltensten Fällen (Tucker 1982, S. 355).

Die Kinder in den Städten der frühen Neuzeit hatten drei schwierige physische und emotionale Anpassungsleistungen zu vollbringen. Die Weggabe zur Amme, die Rückkehr in die eigene, aber emotional fremde Familie und die erneute Weggabe in die Lehre oder ein Geschäft (Ross 1982, S. 307). Badinter spricht in diesem Zusammenhang vom dreimaligen Verrat am Kind. Das Kind verbrachte im Höchstfall fünf oder sechs Jahre im Elternhaus: »Wir können jetzt schon sagen, daß das Kind des Handwerker-Kaufmanns oder des Handwerksmeisters, das Kind des Richters oder des adeligen Höflings lange allein gelassen wird, daß es ihm gelegentlich an der nötigen Fürsorge fehlt und daß es häufig moralisch und gefühlsmäßig richtiggehend verwahrlost« (Badinter 1984, S. 91).

Wir finden im 16. und 17. Jahrhundert eine Haltung der Eltern ihren Kindern gegenüber, die Tendenz zur Weggabe zum Ausdruck bringt. Dies heißt nicht, daß es in dieser Zeit keine Elternliebe gegeben hat. Arnold (1980, S. 78ff.), Pollock (1983, S. 96ff.) und auch Ozment (1983, S. 171ff.) geben zahlreiche Zeugnisse elterlicher Fürsorge an. DeMause (1982, S. 83) kennzeichnet das 16. und 17. Jahrhundert als Zeitalter der Ambivalenz. Beide Haltungen der Eltern bestanden nebeneinander, wobei die Ursachen des Ammenwesens bisher nur sehr unbefriedigend mit der durch die hohe Kindersterblichkeit von 20-30% nicht verwunderlichen Bindungslosigkeit der Mütter erklärt werden (Marvick 1982, S. 396).

Im 16. Jahrhundert übernahm der Staat zunehmend Schutzfunktion für Kinder. In den Städten wurden Findelhäuser gebaut. Gesetze, die die Bestrafung von Ammen und Lehrern bei Kindestötung vorsahen, wurden erlassen und deren Nichtbefolgung konsequenter bestraft (Arnold 1980, S. 43ff.; Dülmen 1991). Während es in England und Italien von 1265-1413 lediglich eine Anklage pro Jahr wegen Kindestötung gab, breitete sich die Anklage vom 16.-18. Jahrhundert seuchenartig aus (Dülmen 1991, S. 52f.). Die Anklagen wegen Kindesmord betrafen im 16. und 17. Jahrhundert fast ausschließlich die Mütter der Kinder, niemals deren Väter. Besonders grausam ging man bei unverheirateten Müttern vor. Diesen drohte die Todesstrafe durch Enthaupten, Ertränken oder Begraben bei lebendigem Leib (Piers 1976, S. 422ff.). Wie bereits geschildert waren in dieser Zeit 40% aller Frauen unverheiratet (Ozment 1983, S. 159).

Die Sozialisationsbedingungen der Kinder waren von Armut und dem Kampf ums Überleben geprägt. Der Brei, ein Gemisch aus Kuh- oder Ziegenmilch, Weizen, aufgeweichten Brotkrumen, führte zu zahlreichen Magenproblemen und nicht selten zum Tode des Kindes. (Hunt 1970, S. 113ff.). Das Kind wurde ernährt, wenn es der Arbeitsplan der Amme oder Mutter erlaubte, nicht, wenn das Kind Hunger verspürte. Mal bekam es zu wenig zu essen, mal zu viel. Eine Übersäuerung des Magens mit Blähungen, Koliken, Krämpfen, Fieber, grünem Durchfall oder Verstopfung waren nicht selten die Folgen (Badinter 1984, S. 96). Wie schon in vorherigen Jahrhunderten gab man den Säuglingen Opium, Likör oder Branntwein, um sie ruhig zu halten (deMause 1982, S. 61; Badinter 1984, S. 96). Die Trennung von der Brust wurde teilweie sehr abrupt und mit schlimmen Abschreckungsmitteln eingeleitet. Senf, Aloe oder andere übelschmeckende Substanzen wurden auf die Brustwarze geschmiert (Marvick 1982, S. 387). Nach Hunt (1970, S. 119f.) litten die Kinder unter massiven oralen Deprivationen. Nur die oral aggressivsten Kinder konnten überleben.

Eine andere Ursache für Unbehagen und Krankheiten der Säuglinge war der Brauch, sie zu wickeln. Zunächst zog man dem Säugling ein grobes Hemdchen an, das sich mehrfach kräuselte oder faltete. Darüber schlug man eine Windel, preßte die Arme gegen die Brust und zog unter den Achseln ein Band durch, das Arme und Beine blockierte. Daraufhin wurden Wäsche und Bänder zwischen den Schenkeln zusammengefaltet, und das ganze wurde von den Füßen bis zum Hals so straff wie möglich von einem rundum laufenden Band zusammengeschnürt. Die Säuglinge hatten häufig rote Furchen, Druckstellen und, da sich Urin und Kot nicht vom Körper entfernen konnten, Wundstellen und skofulöse Bläschen. Hinzu kam ein Mangel an minimaler Hygiene (Badinter 1984, S. 97). Die Kinder wurden ungefähr ein Jahr gewickelt, wobei man die Arme zwischen dem ersten und vierten Monat von den Bändern befreite (Hunt 1970, S. 127).

Von einer Reinlichkeitserziehung im heutigen Sinn kann man im 16. und 17. Jahrhundert nicht sprechen. Diese begann erst im 18. Jahrhundert (deMause 1982, S. 65). Im 16. und 17. Jahrhundert gab es noch keine Toiletten. Es gab zwar Nachttöpfe, aber man leerte den Inhalt einfach auf der Straße. In den Straßen stank es nach Exkrementen, in jeder Ecke lagen menschliche und tierische Ausscheidungen. Ein übler Geruch war in der ganzen Stadt verbreitet. Auch in den Wohnräumen, in denen sich auch die Haustiere aufhielten, lagen Exkremente auf dem Fußboden (Marvick 1982, S. 381). Der laxe Umgang der Menschen mit der Reinlichkeit bedeutete jedoch nicht, daß die Erwachsenen am Darminhalt ihrer Kinder nicht interessiert waren. Hunt (1970, S. 143ff.) zufolge hatten Erwachsene Angst, daß ihre Kinder ihren Kot nicht hergeben würden. Es wurden regelmäßig, unabhängig ob das Kind krank oder gesund war, Suppositorien, Klistiere, Einläufe oder orale Abführmittel verabreicht. Damit wurde sogar direkt nach der Geburt begonnen. Rektale Untersuchungen waren häufig. Die Exkremente wurden auf Anzeichen von Krankheiten, Bosheiten und die Anwesenheit von inneren Dämonen hin untersucht. Anale Kontrolle und die damit verbundene Autonomie des Kindes konnte so trotz fehlenden Toilettentrainings nicht erlangt werden. Kindliche Autonomie wurde auch durch Schläge massiv unterdrückt. Unbedingter Gehorsam war oberstes Erziehungsziel. Mit dem Auspeitschen von Kindern begann man schon sehr früh (deMause 1982, S. 66ff; Hunt 1970, S. 134), oft schon mit zwei Jahren. Kindlicher Wille wurde sogar mit christlicher Ursünde gleichgesetzt. Äußerten die Kinder eigene Wünsche, wurden diese nicht geduldet. Hunt (1970, S. 139, S. 156) gibt Beispiele, in denen Eltern ihren Kindern gerade die Speisen verweigerten, die die Kinder sich wünschten. Ähnlich verfuhr man mit Wünschen nach spezieller Kleidung. Ungehorsam wurde generell mit Schlägen beantwortet. Erzählungen von Dämonen und anderen Schreckgestalten sollten Angst erzeugen.

DeMause (1982, S. 70) weist jedoch darauf hin, daß verglichen mit vorhergehenden Jahrhunderten in der Renaissance erstmals geraten wurde, das massive Schlagen von Kindern einzuschränken und nur gerechtfertigtes Züchtigen vorzunehmen. In diesem Zusammenhang bemerkt Ozment (1983, S. 166ff.), daß die Erziehungsmethoden im 16. und 17. Jahrhundert das Ziel hatten, ein gläubiges, gehorsames und erziehbares Kind hervorzurufen. Die strenge Disziplinierung von außen sollte zu einer Selbstdisziplinierung beim Kinde führen. Das Ziel war freie innere Selbstkontrolle. Um diese zu erreichen, glaubte man, daß ein zu wenig an Disziplin schlimmer sei als ein zu viel an Disziplin.

Eine Beschreibung der Entwicklung des Kindes während der ödipalen Phase erweist sich als sehr schwierig, da es wenig Hinweise zu diesem Thema in den verschiedenen Quellen gibt (deMause 1982, S. 71). Generell kann gesagt werden, daß Sexualität wesentlich offener praktiziert wurde als heutzutage. Die Kinder schliefen im gleichen Raum, oft sogar im gleichen Bett mit den Erwachsenen. Sie waren von klein auf über erotische Aktivitäten informiert. Es gab keine Privatheit. Intimitäten wurden nicht verheimlicht (Hunt 1970, S. 165). Kindliche sexuelle Äußerungen wurden nicht unterdrückt, der Kampf gegen Masturbationen setzte erst im 18. Jahrhundert ein. Es galt viel eher das Kind vor den sexuellen Übergriffen der Erwachsenen zu schützen. Kinder wurden die ganze Geschichte über immer wieder sexuell mißbraucht. Erst im 16. und 17. Jahrhundert begann eine Kampagne gegen den sexuellen Mißbrauch von Kindern (deMause 1982, S. 71ff.).

Kinder erfuhren die eindrückliche Unterdrückung der verschiedenen Formen nicht gebilligter Sexualität. De-Mause (1982, S. 31) beschreibt, daß Kinder mit Vorliebe zu Hinrichtungen und öffentlichen Bestrafungen mitgenommen wurden. Auf diese Weise wurde ihnen verdeutlicht, daß Sexualität nur in bestimmten Grenzen toleriert wurde. In der Schriftenreihe des mittelalterlichen Kriminalmuseums von Rothenburg ob der Tauber (1984, S. 304ff.) sind verschiedene Strafen aufgeführt: Für Sodomie: gemeinsames Verbrennen oder das Erhängen von Mensch und Tier; bei Ehebruch: Pranger, Verruf, Rutenstrafe oder Gefängnis. Kastrationsdrohungen gehörten durchaus zu den normalen Erziehungsmethoden (Marvick 1982, S. 389).

Mit sieben Jahren war die Kindheit beendet. Die Kinder erhielten jetzt die Kleidung der Erwachsenen. Die Kleidung galt als wichtiges Zeichen für den Stand innerhalb der Gesellschaft (Hunt 1970, S. 180). Die Kinder verließen meist erneut das Elternhaus. Die Aufgabe ödipaler Wünsche wurde durch den Wechsel zu einer anderen Familie und die Aufnahme in den Stand der Erwachsenen eingeleitet. Äußere Bedingungen ersetzten die Triebsublimierung.

Die Kindheitsbedingungen des 16. und 17. Jahrhunderts

machen traumatische Belastungen in der psychischen Entwicklung, erhöhte orale Aggressionen und sexuell-inzestuöse Ängste durchaus verständlich, auch wenn die Bedingungen der Kindheit allein die erhöhte Hexenangst nicht erklären können.

IV. Die frühe Neuzeit

Gesellschaft

»Eine Erklärung, warum die Neuzeit mit ihrem Humanismus, ihrem rationalen und naturwissenschaftlichen Denken diese systematischen Massenmorde hervorbrachte, wird selten gegeben« (Wolf-Graaf 1983, S. 145). Warum versagte der Glaube an den Abwehrzauber in der frühen Neuzeit? Warum ist die Hexenangst ausgerechnet in der frühen Neuzeit, der Zeit ungeheuren gesellschaftlichen Wandels, wenn man so will Fortschritts, so massiv geworden, daß sie zur Vernichtung so vieler Frauen führte?

Das 16. Jahrhundert ist gekennzeichnet durch eine schwere Wirtschaftskrise. Vor allem die Frauen wurden aus den qualifizierten Berufen verdrängt und in die Heimindustrie und Manufakturen gedrängt. Über die Ursachen der schweren Wirtschaftskrise im 16. Jahrhundert ist viel spekuliert worden. Eine völlig befriedigende Erklärung ist bis heute nicht gefunden worden. Nach Wolf-Graaf (1983, S. 72ff.) waren im 16. Jahrhundert die meisten Märkte für den Absatz der Waren erschlossen. Dem entsprach eine Stagnation in der Produktion. Hinzu kamen die Folgen einschneidender Veränderungen der Absatzwege im Fernhandel. Die Entdeckung Amerikas 1492 und das Auffinden des Seeweges nach Indien brachte eine Verschiebung der außerdeutschen Absatzmärkte mit sich. Der Schwerpunkt des Fernhandels wurde nach Portugal verlegt. Dies bedeutete für Deutschland hohe zusätzliche Kosten.

Dülmen (1982, S. 38) sieht ebenfalls in der Absatzkrise die eigentliche Ursache der schweren Wirtschaftskrise. Hervorgerufen sei sie aber vor allem durch offensichtliche Überproduktion und Überspekulation. Als zweiten wichtigen Grund führen sowohl Dülmen (1982, S. 31f.) als auch Wolf-Graaf (1983, S. 72) die steigenden Getreidepreise an. Im Laufe des 16. Jahrhunderts stiegen die Getreidepreise im Vergleich zum Einkommen der Handwerker erheblich. Die wachsende Differenz von Getreidepreisen und Löhnen führte zur Verarmung der Masse der Bevölkerung. Die Feudalherren hoben ihre Forderungen zunehmend an. Gleichzeitig wurden Unsummen für die verschwenderische Hofhaltung ausgegeben.

Dülmen (1982, S. 29) erwähnt noch einen dritten Grund als mögliche Ursache. Aus Amerika wurde viel Gold und Silber nach Europa gebracht, was eine inflationäre Entwicklung auslöste. Der Geldwert sank, das Preisniveau von Ware und Leistung erhöhte sich. Romano und Tenenti (1967, S. 31ff.) führen in diesem Zusammenhang an, daß nicht nur Gold und Silber, sondern auch viele kostbare Luxusartikel aus den neuentdeckten Reichen nach Europa gebracht wurden. Diese Artikel waren billiger zu erwerben als die in Europa, vornehmlich in den Städten, hergestellten Luxusartikel.

Mit der europäischen Expansion und dem Entstehen des Weltmarktes waren wichtige Bedingungen für den Übergang vom Feudalismus zum Kapitalismus geschaffen. Die Ausschöpfung der an Bedarfsdeckung orientierten feudalen Produktionsweise bei gleichzeitigem Entstehen eines Weltmarktes sind nach Dülmen (1982, S. 93ff.) die Voraussetzungen für den Beginn der kapitalistischen Ära, die in Flandern und Norditalien im 16. Jahrhundert ihren Anfang nahm. Drei Bedingungsfaktoren kennzeichnen das Entstehen des Kapitalismus.

- Steigende Bevölkerungszahlen, Verstädterung, Nachfrage nach Massengütern, die der feudale am Bedarf orientierte Markt nicht sättigen kann.
- Entstehen des Weltmarktes durch Expansion in die »Neue Welt«.
- Sprunghaftes Steigen des Geldumlaufes.

Das neue ökonomische System begünstigte den Aufbau einer neuen politisch-sozialen Welt, führte aber nicht überall zur Auflösung des Feudalismus, im Gegenteil, es verschärfte auch die Trends zur ständischen Hierarchisierung und Zentralisierung der Gesellschaft (Dülmen 1982, S. 10ff.). Wolf-Graaf (1983, S. 15) spricht sogar von einer zweiten Phase der Leibeigenschaft im 16. Jahrhundert, die allerdings auch Widerstandsbewegungen zur Folge hatte. In den Jahren 1550-1650 gab es eine Unzahl von Aufständen, Kriegen, Rebellionen und Revolten (Dülmen 1982, S. 12).

Diese fundamentalen ökonomischen und sozialen Umwälzungen waren begleitet von ebenso revolutionären Veränderungen in der Gesellschaft der frühen Neuzeit. Was die frühneuzeitliche Gesellschaft an Wissen, Erkenntnis und Wissenschaft hervorbrachte, stellte etwas völlig Neues dar und sprengte alle bisherigen Vorstellungen. War Wissen und Erkennen im Mittelalter weitgehend vom Klerus monopolisiert, so wurde es nun allen Volksschichten verfügbar. Die Bildungsrevolution führte zur Alphabetisierung und dem Ausbau eines Schulsystems. Man nimmt an, daß das lesende Publikum in Deutschland im 16. Jahrhundert von 400.000 auf 800.000 stieg. In England soll es unter vier bis fünf Millionen Einwohnern rund 1,5 bis zwei Millionen Leser gegeben haben und um 1600 konnte angeblich bereits die Hälfte aller Leute lesen. Ein Büchermarkt, durch das Erfinden der Buchdruckkunst ermöglicht, entstand in Deutschland und Luther wurde zum ersten großen Volkschriftsteller. Ihren expliziten Ausdruck fand die Bildungsrevolution in der Begründung der modernen Wissenschaft.

Das alte kosmologisch-religiöse Weltbild, beruhend auf Astrologie, Magie, Alchemie und den Geheimwissenschaften, wurde revolutioniert durch die objektiven, experimentellen auf Erfahrungen beruhenden Wissenschaften. Die wichtigsten Vertreter der neuen Wissenschaften waren Galileo Galilei, Johannes Kepler, William Gilbert, der Entdekker des Magnetismus, William Harvey, der Entdecker des Blutkreislaufes, Giordano Bruno, Francis Bacon und René Descartes (Dülmen 1982, S. 293ff.). Besondere Bedeutung erlangten auch Kopernikus, Vesalius und Fracastoro (Romano und Tenenti 1967, S. 192).

Entstanden sind die neuen Wissenschaften vor allem durch den mit der Ausweitung des Handels steigenden Bedarf an technischem Wissen. Der wissenschaftliche Aufbruch hatte eine neue Einstellung gegenüber Technik zur Voraussetzung. Seit der Mitte des 15. Jahrhunderts erlebten jene Künste, die das Mittelalter noch verächtlich als »mechanische« bezeichnet hatte, einen enormen Aufschwung. Das Bedürfnis nach weltlicher Bildung großer Teile der Bevölkerung und das beschleunigte Anwachsen von Wissen trugen schließlich zum Entstehen der modernen Wissenschaften bei (Romano und Tenenti 1967, S. 185ff.).

Die neuen auf Vernunft, Erfahrung und Natur begründeten Wissenschaften traten nur sehr allmählich in den Vordergrund. Viele der neuen Gelehrten hielten trotz ihrer Erkenntnisse an alchemistischen und astrologischen Interpretationen fest. Kepler war zugleich Astronom und Astrologe, Comenius Pädagoge und Pansoph (Dülmen 1982, S. 302). Kepler war sich seiner Zwitterstellung und ihrer Problematik durchaus bewußt: »Die Astrologia ist wohl ein närrisches Töchterlein; aber du lieber Gott, wo wollte ihre Mutter, die hochvernünftige Astronomia bleiben, wenn sie diese ihre närrische Tochter nicht hätte? Ist doch die Welt noch viel närrischer und so närrisch, daß deroselben zu ihrer Frommen diese alte verständige Mutter durch der Tochter Narretei eingeschwatzt und eingelogen werden muß. Und seind der Mathematicorum Salaria so gering, daß die

Mutter gewißlich Hunger leiden müßte, wenn die Tochter nichts erwürbe« (Hammes 1977, S. 17).

Die Übergänge von den magischen Geheimwissenschaften zur Naturwissenschaft waren durchaus mit großer Angst verbunden. Wie heftig der Widerstand gegen die neuen Wissenschaften war, zeigen Keplers resignierende Worte: »Ich denke, wir ahmen den Pythagoräern nach, teilen uns das, was wir entdecken, privatim mit und schweigen öffentlich, damit wir nicht Hungers sterben« (Hammes 1977, S. 18).

Neben Bildungsrevolution und dem Entstehen der Erfahrungswissenschaften gab es im 16. Jahrhundert noch ein revolutionäres Ereignis, ohne das die Moderne nicht zu verstehen ist: die Reformation. Bereits während des 14. Jahrhunderts, zur Zeit des päpstlichen Schismas, wurde die Kritik am Papsttum immer lauter. Die Aufteilung der Vollmachten und Güter zwischen der römischen Kurie und den weltlichen Herrschern führte zu vielen Streitigkeiten und das Unbehagen der Gläubigen wuchs (Romano und Tenenti 1967, S. 221). Die Existenz zweier Päpste führte dazu, daß jeder Papst einen Teil seiner Einnahmen einbüßte. Um aber die Verschwendung der weltlichen Höfe nachahmen zu können, suchte nun jeder Papst durch die Erhöhung der Einnahmen den Verlust auszugleichen. Die Inflation des Ablaßwesens und die Erhöhung der Kirchensteuer begann (Tuchman 1982, S. 301).

Das Ablaßwesen trieb nun bis zur Reformation seine bekannten Blüten. Sündenvergebung wurde käuflich und das Fegefeuer umgehbar. Dieses konnte auch nachträglich für bereits Verstorbene durch einen entsprechenden Geldbetrag erworben werden (Moeller 1977, S. 55ff.). Die Steuern wurden immer drückender. Der Klerus mußte ungefähr 10% seiner Einkünfte an den Papst geben, Juden 20% und alle übrigen Einwohner 30% (Romano und Tenenti 1967, S. 225).

Die Reaktion blieb nicht aus. Zahlreiche Sekten und laienreligiöse Bewegungen entstanden. Diese waren bereits der Beginn der Individualisierung des Gläubigen und sie trugen zur Verdiesseitigung der Lehre bei. Um den Zusammenbruch der hierarchischen Struktur der Kirche zu verhindern, begann die Inquisition (Honegger 1979, S. 42f.). Im 16. Jahrhundert kam es schließlich zu dem entscheidenden Ereignis: die Reformation und die ihr folgende Spaltung der universalen mittelalterlichen Kirche in verschiedene Konfessionen. Nach Luthers Thesenanschlag 1517 verbreitete sich die protestantische Bewegung bis 1570 recht beachtlich. Die Bewegung war uneinheitlich, und ihr Erfolg hing weitgehend davon ab, inwieweit sich Adel und Fürsten zu ihr bekannten. Erst 1620 mit dem Erstarken der katholischen Gegenreformation gewann der Katholizismus wieder an Einfluß. 1648 lagen die europäischen Konfessionsgrenzen endgültig fest. Da die Anlehnung an die Obrigkeit die einzige Chance war, die reformatorische Bewegung fruchtbar werden zu lassen, entstanden die geschlossenen Landeskirchen. Die weltliche Abhängigkeit von Kirche und Religion nahm man in Kauf.

Im Zuge der Gegenreformation hatte sich auch die katholische Kirche gewandelt. Ihre Lehre war klarer umrissen, der Ablaßmißbrauch verboten, Ämterverkauf nicht mehr erlaubt, und es wurden strenge Bestimmungen bezüglich Klosterdisziplin, Einhaltung des Zölibats und der Pflichten des Klerus eingeführt. Die konfessionellen Auseinandersetzungen führten dazu, daß sich viele Menschen mit kirchlicher Lehre auseinandersetzten. Das soziale Leben der Kirchenmitglieder rückte bei beiden Kirchen in den Vordergrund. Jede Konfession bemühte sich um ihre Anhänger. Eine Verchristlichung des alltäglichen Lebens wurde erreicht. Regelmäßige Gottesdienste wurden verpflichtend und die Kinderaufzucht der Kontrolle der Kirche unterstellt. Kirchliche Trauung wurde eingeführt, und die Registrierung von Geburt, Hochzeit und Tod durch die Kirche wurde Pflicht. Sexualität wurde reglementiert, und die Trennung in Erlaubtes und Unerlaubtes wurde durch die neue Moral vollzogen. Die Individualisierung der Religion war die Folge des starken Interesses der Kirche an ihren Mitgliedern. Die protestantische Bewegung suchte das Heil durch moralisches Handeln zu erlangen. Sie führten häusliche Gebete ein und die Lektüre protestantischer Schriften wurde angeregt. Die katholische Kirche versprach das Heil nach wie vor durch die kirchlichen Heilswerke. Das Beichtsystem wurde ausgebaut. Von der Kollektivbeichte ging man zur individuellen Beichte über (Dülmen 1982, S. 256ff.).

Das 16. und 17. Jahrhundert ist eine Zeit extremer gesellschaftlicher Veränderungen. Dies kann nicht vonstatten gehen ohne gleichzeitige Veränderungen im Bereich der psychischen Strukturen der Menschen der damaligen Zeit.

Trieb- und Ich-Entwicklung

Parallel zu den bedeutenden Veränderungen in Wirtschaft und Gesellschaft des 16. und 17. Jahrhunderts wandelte sich das Verhältnis der Menschen untereinander und das Verhältnis des Menschen zu sich selbst. Im frühen 16. Jahrhundert begann eine radikale Veränderung des Affekt- und Triebhaushaltes der einzelnen Menschen. Quasi schubartig wurden Affekte und Triebe nun starken Regulierungen und Modellierungen unterworfen. Besonderen Wert legte man dabei auf die individuelle Selbstkontrolle, eine von Fremdkontrollen unabhängige Selbstdisziplin.

Während es im Mittelalter Brauch war, Fleisch mit den Fingern aus der gleichen Schüssel, Wein aus dem gleichen Becher, Suppen aus dem gleichen Topf oder vom gleichen Teller zu essen, wurden im 16. Jahrhundert diesen Eßgewohnheiten größere Reglementierungen auferlegt. Die Gabel als Eßinstrument wurde zumindest in der Oberschicht eingeführt. Besaß man keine Gabel, sollte man Fleisch nur mit drei Fingern nehmen, nicht mit der ganzen Hand. Es galt als unschicklich, wie ein Vielfraß über das Essen herzufallen. Händewaschen vor dem Essen wurde empfohlen.

Auch die Handhabung des Messers unterlag jetzt bestimmten Regeln, das Messer durfte nur noch in bestimmter Art und Weise überreicht werden.

Eine ähnliche Entwicklung läßt sich beim Schneuzen und Spucken nachweisen. Während beim Schneuzen bis zum 16. Jahrhundert lediglich darauf geachtet werden sollte, daß nicht, was aus der Nase herauskommt, auf den Tisch fällt, wurde nun der Gebrauch eines Taschentuchs eingeführt. Spucken war im Mittelalter eine weit verbreitete Sitte, der kaum Beschränkungen auferlegt wurden. Im 16. Jahrhundert wurde nun Wert darauf gelegt, daß das Ausgespuckte anschließend ausgetreten wurde (Elias 1976, Bd. 1, S. 110ff.).

Wie wenig man sich im Mittelalter um Triebeinschränkungen bemühte, zeigte sich auch an der Art, seine Notdurft zu verrichten. Die Menschen verrichteten ihre Notdurft offen auf der Straße, in Zimmern, in Gängen oder wo immer sie sich gerade aufhielten. Im 14. Jahrhundert kamen Nachttöpfe zwar in Mode, aber man schüttete den Inhalt einfach aus dem Fenster auf die Straße. Erst im 16. Jahrhundert lassen sich Manierenvorschriften nachweisen, die zum Ausdruck geben, daß die Notdurft nur noch an den gebührlichen und dafür vorgesehenen Orten verrichtet werden durfte (Kunze 1982, S. 59f.).

Geringe Triebkontrolle der Menschen im Mittelalter wird auch in den zahlreichen Beschreibungen sogenannter Eßgelage deutlich. Als bescheidenes Alltagsessen galt in öffentlichen Gasthäusern etwa folgendes Menü: fünf oder sechs Gänge gekochter Gerichte, darunter bei einem Fleischmahl ein gutes Essen gesottener oder eingemachter Fische und eines von Brat- und Backfischen. Dazu sollten zweierlei gerechte Weine gereicht und zum Schluß Käse und Obst, aber kein Konfekt serviert werden. Dazu wurde pro Person ein Vielfaches von sieben Bechern Wein getrunken (Kunze 1982, S. 79f.).

Beim Adel ging es noch üppiger zu. Festessen hatten im Mittelalter mindestens dreißig mit viel Aufwand hergestellte Gänge. Man aß und trank bis zur Bewußtlosigkeit.

Oft wurde so viel gegessen, daß hinterher Abführmittel genommen oder ein Aderlaß durchgeführt werden mußte (Tuchman 1982, S. 225, S. 282, S. 386). Häufig erbrach man sich während des Essens, um weiter essen zu können (Wolf-Graaf 1983, S. 84). Eine Ratsmahlzeit aus dem Jahre 1655 sah etwa so aus: fünf Kälber, acht Gänse, acht junge Kapaunen, sechs alte Hühner, 27 junge Hühner, vier Spanferkel, vier Lerchen und Krammetsvögel, acht Maß Schmalz, vier Pfund Butter, 150 Eier, Zitronen, Lemonien, Kapern, zwei Pfund Speck, Gewürze, Gurken und 322,56 Liter Wein (Schriftenreihe des mittelalterlichen Kriminalmuseums 1984, S. 404).

Die mittelalterlichen Menschen berauschten sich mit Bier und Wein, besonders an den damals noch zahlreichen Feiertagen des Jahres – in Paris wurden noch im Jahr 1660 jährlich 103 Feiertage begangen: den Kirchweihen, Hochzeiten, Taufen, Begräbnissen, Blauen Montagen und anderen Gelegenheiten. An den Werktagen nahm man Bier und Wein als Teil der Nahrung zu sich. Bier, oder Biersuppen gehörten neben Brot zu den Hauptnahrungsmitteln der breiten Bevölkerung Europas. Wetttrinken bis zur Bewußtlosigkeit war eine gängige Lebensäußerung der mittelalterlichen Welt.

Ähnlich unmäßig wie mit Alkohol ging man im Mittelalter beim Würzen der Speisen vor. Die Speisen verschwanden regelrecht unter den Gewürzen. Pfeffer und Salz waren die wichtigsten Gewürze. Sie wurden auch als Konservierungsmittel betrachtet. Je vornehmer der Haushalt war, um so größer war sein Verbrauch an Gewürzen. Je schärfer der Pfeffer die Schleimhäute der Teilnehmer an einem Gastmahl ätzte, um so größer war der Respekt vor dem Gastgeber. Pfeffer ersetzte häufig sogar das Gold als Zahlungsmittel. Um den enormen Bedarf an Gewürzen zu decken, blühte der Fernhandel. Die großen Entdeckungsreisen, die Entdeckung der Neuen Welt, der Beginn der Neuzeit, das alles ist eng gekoppelt an den europäischen Bedarf an Pfeffer (Schivelbusch 1980, S. 13ff.).

Im 17. und 18. Jahrhundert entstanden nun zahlreiche Rechtsverordnungen, um der Sauferei und Völlerei Einhalt zu gebieten. Es durfte nur noch zu bestimmten Zeiten getrunken werden, und je nach Stand wurde genau festgelegt, wieviel bei einer Hochzeit oder ähnlichen Feiern gegessen werden durfte (Schriftenreihe des mittelalterlichen Kriminalmuseums 1984, S. 400ff.).

Im 17. Jahrhundert kam eine neue Gruppe von Genußstoffen nach Europa: der Tee, die Schokolade, der Zucker und vor allem der Kaffee. Der Kaffee wurde zum etablierten Getränk des Bürgertums. Kaffee galt als Ernüchterer und Förderer der Abstraktionsfähigkeit. Die Vernunft und Geschäftstüchtigkeit des Kaffeetrinkers wurde dem Rausch, der Unfähigkeit und Faulheit des Alkoholtrinkers gegenübergestellt (Schivelbusch 1980, S. 25ff.).

Abbildung 11: *Karikatur gegen übermäßiges Trinken* (17. Jahrhundert)

Schokolade hatte keine stimulierende Wirkung und galt als Gegenstück zum Kaffee. Sie wurde vor allem in katholischen Ländern verzehrt, da während der häufigen Fastentage Trinken erlaubt war und die Schokolade wegen ihres hohen Nährwertes eine wichtige Ernährungsquelle darstellte (Schivelbusch 1980, S. 96ff.).

Mitte des 17. Jahrhunderts kam zudem Tabak nach Frankreich, und das Rauchen wurde zu einer neuen Modeerscheinung. Rauchen beruhigte. Überflüssige Energien, die bei der zunehmend sitzenden Arbeit nicht mehr nötig waren, wurden abreagiert. Dies war eine gute Ergänzung zum Kaffee, der den Geist stimulierte (Schivelbusch 1980, S. 108ff.).

Die größeren Sachzwänge, das höhere Maß an Arbeitsdisziplin war eine Basis für Änderungen des Genußmittelkonsums und der unmittelbaren Triebbefriedigung. Rechtsverordnungen allein hätten hier wenig Erfolg gehabt. Man mußte attraktiven Ersatz finden, der die neuen Bedürfnisse befriedigte. Vor allem der Kaffee und der Tabak erfüllten diese Anforderungen (Schivelbusch 1980, S. 41ff.).

Auch im Bereich der Sexualität lassen sich im 16. Jahrhundert tiefgreifende Veränderungen feststellen. Im Mittelalter war Sexualität noch nicht auf die Enklave der legitimen Ehe zurückgedrängt. Es war üblich, daß viele Menschen in einem Raum übernachteten, darunter Herr und Knechte, Männer und Frauen. Auch Gäste blieben oft über Nacht. Man schlief üblicherweise nackt. Wer ein Taghemd anbehielt, machte sich verdächtig, körperlich entstellt zu sein. Erst im 16. Jahrhundert kam spezielle Nachtkleidung auf. Auch die Badesitten im Mittelalter weisen auf eine größere Unbefangenheit im Zeigen des nackten Körpers hin. Ritter wurden beim Baden von Frauen bedient. In den Städten zog man sich häufig zu Hause aus, bevor man dann unbekleidet durch die Stadt ins Badehaus ging (Elias 1976, Bd. 1, S. 222f.).

Am Hochzeitstag war es vielfach üblich, das Brautpaar vor Zeugen ins Bett zu legen und den Vollzug der Ehe zu beobachten. Bis ins 16. Jahrhundert wurden selbst in den ehrbarsten Bürgerfamilien eheliche und nichteheliche Kinder zusammen aufgezogen. Auch vor den Kindern selbst wurde kein Geheimnis um den Unterschied gemacht. Die rechtliche Stellung der nichtehelichen Kinder war allerdings meist den ehelichen unterlegen. Zumindest der Mann brauchte sich seiner außerehelichen Beziehungen nicht zu schämen (Elias 1976, Bd. 1, S. 243ff.).

Es wäre jedoch falsch zu glauben, daß die freizügigere Einstellung zum Körper mit mehr Freiheit gleichzusetzen wäre. Sexualunterdrückung erfolgte zwar erst spät, sie war aber sehr massiv und stets verbunden mit der Androhung körperlicher Gewalt. Konkurrenten wurden, wenn sie beim Ehebruch einer Frau ertappt wurden, nicht selten kastriert (Priskil 1983, S. 41). Liebhaber und Ehefrau wurden oft sehr grausam getötet, manchmal zusammen lebendig eingemauert oder begraben (Shahar 1983, S. 112ff.). Überhaupt waren Menschen des Mittelalters umgeben von Kastration und Kastrationsdrohungen. Verstümmelung von Gliedmaßen war an der Tagesordnung: Ausreißen der Zunge bei lästerlichem Fluchen, Abhacken der Finger oder der rechten Hand bei leichtem, des linken Fußes bei schwerem Diebstahl. Kastration bei Homosexualität, Sodomie oder Verkehr zwischen einem Juden und einer Christin waren nicht unüblich (Priskil 1983, S. 41ff.).

Wie der Sexualität wurde auch der Aggression, zumindest wenn sie sich in gesellschaftlich sanktionierten Bahnen bewegte, wenig Einschränkung auferlegt. Die Lust am Kampf, an der Jagd, an Raub und Mord war im Mittelalter sehr verbreitet. Quälen und Töten anderer wurden öffentlich demonstriert, und man empfand Freude beim Zuschauen. Ritter wurden während ihrer ganzen Jugend auf Kämpfe vorbereitet. Mit der Entwicklung der Feuerwaffen im 16. Jahrhundert trat auch im Bereich der Aggression eine Wandlung ein. Einerseits gewann die Masse durch die Umwandlung der Kriegstechnik an Bedeutung, die Edlen zu Pferde verloren an Macht, was wiederum die Zentralgewalt des Staates förderte, andererseits wurde auch das Töten distanzierter.

Im Mittelalter galt als sauber, wer seine sichtbare Kleidung in Ordnung hielt. Eine Vorstellung vom Körper wurde nicht deutlich. Nur Hände und Gesicht sollten sauber sein, weil beide Körperteile sichtbar sind. Im 16. Jahrhundert wandelte sich diese Einstellung. Das Wechseln der Leibwäsche wurde zum Gebot der Reinlichkeit. Die Reinigung der Haut wurde noch nicht anvisiert, aber Sauberkeit bezog sich nun nicht mehr nur auf das Sichtbare, sondern auch auf Verborgenes. Das Gebot der Reinlichkeit verlangte nun, das verschwitzte Hemd zu wechseln. Die Ausgaben und Aufwendungen für Leibwäsche stiegen im 16. Jahrhundert sprunghaft. Wer es sich leisten konnte, verfügte über Unmengen von Unterwäsche (Vigarello 1988, S. 68ff.).

Dieser Prozeß der Selbstkontrolle wurde zudem unterstützt durch den Eindruck der Syphilis- und Pestepidemien. Schwere Krankheiten gab es seit Menschengedenken, aber erst das Entstehen einer städtischen Gesellschaft mit hohen Einwohnerzahlen und regem Handel führte dazu, daß ein solch zerstörerisches Übel wie die Epidemie sich ausbreiten konnte (Attali 1981, S. 71). 1347 brach die Pest in Messina aus. Bis zum Ende des 17. Jahrhunderts kam es immer wieder zu massiven Ausbrüchen der Pest (Tuchman 1982, S. 97ff.). Um sich vor Ansteckung zu schützen, begann man im 16. Jahrhundert mit den ersten gezielten Maßnahmen gegen die Pest, dem Schließen der Badehäuser beispielsweise (Vigarello 1988, S. 16ff.). Auch die Syphilis, die 1494 erstmals in Neapel ausbrach, breitete sich im 16. Jahrhundert in ganz Europa aus und löste ebenfalls Schockreaktionen und Angst vor Ansteckung aus (McNeill 1979, S. 202ff.).

In der frühen Neuzeit entstand eine Art unsichtbare Mauer zwischen dem Körper des einzelnen und dem Körper der anderen. Die Beziehungen wurden distanzierter. Der Zwang, den die Menschen aufeinander ausübten, wurde stärker, Forderungen nach gutem Benehmen nachdrücklicher und der Problemkreis des Verhaltens gewann an Wichtigkeit. Handel und Geldwirtschaft, Arbeitsteilung und Kooperation mit Fremden machten ein erhöhtes Maß an Triebregulierung und Affektaufschub unerläßlich. Die Differenzierungen im Handel und Handwerk ließen immer mehr Gruppen entstehen. Jeder übte einen speziellen Beruf aus und wurde damit abhängiger vom anderen. Der Übergang vom Fremdzwang zum Selbstzwang vollzog sich. Die Veränderungen im Trieb- und Affekthaushalt der Menschen, die zunehmende Selbstkontrolle und Affektbeherrschung, ermöglichten es erst dem Individuum, die nötige Distanz gegenüber der Umwelt aufzubauen und sind damit die Grundlagen eines modernen wissenschaftlichen Naturverständnisses anzueignen. Dies förderte die sprunghafte Entwicklung des Denkens in der frühen Neuzeit (Elias 1976, Bd. 1, S. LXf.).

Psychoanalytisch gesprochen findet ein Entwicklungsprozeß des Ich statt, denn Wahrnehmung und Realitätsprüfung sind Funktionen des Ich. Nach Jacobson (1973, S. 123, S. 132) ist das zur Realitätsprüfung unfähige Ich charakterisiert durch magischen Glauben, Passivität, Abhängigkeit und fehlende Autonomie bei Delegation von Macht an äußere Autoritäten. Im 16. und 17. Jahrhundert zeigt sich eine deutliche Veränderung der psychischen Struktur der Menschen, ihrer Affekte und ihres Denkens, hervorgerufen vermutlich durch einen Wechselprozeß mit den veränderten Lebens- und Arbeitsbedingungen. Neue Denkweisen sind entstanden und das Ich ist autonomer und zur Triebneutralisierung fähiger geworden.

Mit den Veränderungen der Trieb- und Affektkontrolle sowie der Ich-Entwicklung setzte gleichzeitig eine Veränderung des Über-Ich ein. Mit der Reformation und auch im Zuge der Gegenreformation kam es zur Entwicklung des individuellen Gewissens und eines entpersönlichten Verhältnisses zu Gott. Gott ist nicht mehr eine Person am Rande von Raum und Zeit, sondern der, der in uns spricht. »Anstatt am Rande von Raum und Zeit zu lauern, wurde Gott für Luther zu dem, ›der in uns wirkt‹ … Gott, nun weniger Person, wird für den einzelnen persönlicher« (Erikson 1975, S. 235).

Betrachten wir die Über-Ich-Entwicklung unter dem Aspekt von frühkindlichen Imagines, so können wir auch hier einen wichtigen Schritt beobachten. In der Vorreformationszeit finden wir eine Über-Ich-Struktur, in der alle Über-Ich-Anteile projiziert waren. Die Hexe als Bild der strafenden, bösen Mutter stellte einen archaischen, sadistischen Vorläufer des Über-Ich dar. Die Rache der Hexen fürchtete man wegen des eigenen unmoralischen Verhaltens. Maria hatte die Funktion eines archaischen Ich-Idealvorläufers. Da die guten Teile des Selbst in das idealisierte Bild der guten Mutter (Maria) projiziert wurden, wurde diese zum Ich-Idealvorläufer (Klein 1972, S. 109) und befriedigte die infantile Sehnsucht, mit der Mutter eins zu sein (Jacobson 1973, S. 50). Durch diese Verschmelzung verarmte das Ich und wurde von den äußeren Repräsentanten seines Selbst übermäßig abhängig (Klein 1972, S. 109). Diese übermäßige Abhängigkeit von der Kirche und anderen Autoritäten kennzeichnen den Gläubigen der Vorreformationszeit. Die Forderungen der guten Mutter müssen allerdings bedingungslos erfüllt werden, nicht nur weil sie einen Teil des Selbst darstellt, sondern auch aufgrund früher Ängste bezüglich der guten Mutter. Die gute Mutter kann sich rasch in eine böse verwandeln und umgekehrt (Kernberg 1978, S. 91ff.; Klein 1972, S. 52; Jacobson 1973, S. 110).

Depression, Schuld und Anteilnahme des Über-Ich konnten noch nicht empfunden werden (Kernberg 1978, S. 56). Die Reaktionen der Zuschauer bei der in der Einleitung beschriebenen Hinrichtung der Familie Pappenheimer zeigen dies zu Genüge. Hinrichtungen stellten wahre Volksfeste dar, Schulklassen wurden zu Lehrzwecken dorthin geführt (deMause 1982, S. 31) und ganze Prozessionen fanden statt, um zu den Hinrichtungsorten zu gelangen. Auch Bestrafungen, Kastrationen und andere Grausamkeiten fanden öffentlich statt. Die unter der Folter Gepeinigten lösten gleichfalls keine Anteilnahme aus. Nachdem der Bannrichter die Rechtmäßigkeit der Hinrichtung der Familie Pappenheimer verkündete, zog jedermann zufrieden seines Weges. Die Autoritäten ersetzten das Gewissen.

In der frühen Neuzeit sehen wir die ersten Ansätze einer neuen Entwicklung des Über-Ich. Das Über-Ich ist autonomer geworden. Jacobson (1973, S. 104ff.) bezeichnet dies als Freiheit vom Druck der frühen, sadistischen Vorläufer des Über-Ich, den gefährlichen, bösen Vorstellungsbildern. Voraussetzung dafür ist die zunehmende Syntheseleistung des Ich, also der bereits für die frühe Neuzeit dokumentierte enorme Entwicklungsprozess im Ich. Dieser psychische Prozeß konnte nicht ohne innere Konflikte vonstatten gehen.

V. Der psychische Konflikt

Der Reformator

Martin Luther trat mit 21 Jahren in das Schwarze Kloster der Augustiner zu Erfurt ein. Er erfüllte damit ein Gelübde, welches er in panischem Schrecken während eines Gewitters geleistet hatte. Abrupt und ohne Einwilligung des Vaters hatte er die Universität in Erfurt, an der ihm gerade der Magistertitel mit Auszeichnung verliehen worden war, verlassen. Sein Vater, ein Bergarbeiter, opferte viel, um es seinem Sohn zu ermöglichen, Rechtswissenschaft zu studieren. Entsprechend unversöhnlich reagierte er auf den Schritt seines Sohnes, ins Kloster zu gehen. Martin Luther war hin- und hergerissen zwischen der Schuldigkeit seinem Vater gegenüber und dem Gehorsam zu Gott, dessen Ruf er im Gewitter vernommen zu haben glaubte (Erikson 1975, S. 41ff.).

Auf dem Höhepunkt seiner Laufbahn stellte Luther die Gehorsamspflicht gegenüber Gott, Papst, Herrscher und der Vielzahl von Menschen, die damals Anspruch auf Gehorsam erhoben, in Frage. Trotzdem konnte sich Luther nicht völlig vom Zwang des Vaters lösen, was ihn zu der Beschäftigung mit den Fragen nach dem individuellen Gewissen trieb. Luther fand eine neue Einstellung zu Gott, er löste sich vom absoluten Gehorsam den weltlichen und kirchlichen Autoritäten gegenüber. Sein individuelles Verhältnis zu Gott wurde für Luther wichtiger.

Luther plagten zeitlebens Zweifel, ob seine Bestrebungen nicht nur Blendwerk des Teufels waren. An dem Tag, an dem der junge Priester Martin Luther seine erste Messe las, äußerte der Vater den Verdacht, daß das Gewitter in Wirklichkeit die Stimme eines Geistes war. Vielleicht war seine ganze Laufbahn nur vom Teufel inspiriert worden, vielleicht hatte dieser das Gewitter heraufbeschworen, welches ihn zum Eintritt in das Kloster veranlaßte und damit zum Ungehorsam seinem Vater gegenüber? Die Zweifel plagten ihn so sehr, daß er nächtelang mit dem Teufel kämpfte, so daß er manches Mal in kaltem Schweiß gebadet aufwachte. Des Teufels Bad nannte er es (Erikson 1975, S. 162, S. 268).

Seine Angst, besessen zu sein, kam in dem berühmten Anfall im Chor zum Ausdruck, wo er immer wieder brüllend, in Raserei und auch in Gelächter verfallend, erschrocken ausrief: »Ich bins nit!« Vermutlich meinte er, daß er nicht besessen sei (Erikson 1975, S. 24). Im Kampf mit dem Teufel erschien Luther das strahlende Bild Christi als Teufelstrug. Er fürchtete Christus und sah in ihm voller Haß den, der nur strafen will. Er erlitt Anfälle von Bewußtlosigkeit, Herzbeschwerden, schwere Angstzustände, Weinkrämpfe, und der baldige Tod schien ihm dann sicher. Er verlor jede Wertschätzung seiner Person, sah sich »als elenden und verworfenen Wurm, der vom Geist der Trübsal gequält werde« (Erikson 1975, S. 269), litt unter Verdauungsbeschwerden, Obstipation, lästigem Ohrensausen und Nierensteinen.

Hin- und hergerissen im Kampf mit dem Teufel erschien ihm Gott unversöhnlich und strafend. Fürchtete er die Strafe Gottes für seinen Ungehorsam, so wundert seine Angst vor Hexen nicht. Luther glaubte an Hexen und befürwortete ihre Verbrennung ausdrücklich: » … die bloßen Teufelshuren, die da Milch stelen, Wetter machen, auff Boeck und Beßen reytten, auf Mentel faren, die Leutt schiessen, lemen und verdurren, die Kind ynn der Wigen martern, die ehlich Glidmaß bexaubern und desgleychen … Mit Hexen und Zauberinnen soll man keine Barmherzigkeit haben, ich wollte sie selber verbrennen« (Hammes 1977, S. 156).

»Es ist ein überaus gerechtes Gesetz, daß die Zauberinnen getötet werden, denn sie richten viel Schaden an, was bisweilen ignoriert wird, sie können nämlich Milch, Butter und alles aus dem Haus stehlen, indem sie es aus einem Handtuch, einem Tisch, einem Griff melken, das ein oder andere gute Wort sprechen und an eine Kuh denken. Und der Teufel bringt Milch und Butter zum gemolkenen Instrument. Sie können ein Kind verzaubern, daß es ständig schreit und nicht ißt, nicht schläft etc. Auch können sie geheimnisvolle Krankheiten im menschlichen Knie erzeugen, daß der Körper verzehrt wird. Wenn du solche Frauen siehst, sie haben teuflische Gestalten, ich habe einige gesehen. Deswegen sind sie zu töten« (Haustein 1990, S. 123).

Eine Hexe soll man, so Luther, allerdings nicht wegen des Milchdiebstahls verbrennen, sondern weil sie den Teufel mit seinen Sakramenten und seine Kirche stärkt (Haustein 1990, S. 127).

Luther hatte in seiner Angst vor den bösen Hexen und dem Teufel den Schutz von Maria verloren, obwohl er sich im Gewitter, das ihn bewog das Gelübde abzulegen, noch an die Heilige Anna, die Schutzpatronin der Bergarbeiter und damit des Vaters, wandte. Im Augenblick der Todesangst suchte er eine mütterliche Vermittlerin. Er erteilte aber dem bewährten Weg zum inneren Frieden eine sträfliche Absage. Er entthronte Maria. Beinahe spöttisch spricht er von ihr als einer der weiblichen Heiligen, die einen Mann dazu bringen, sich ihnen an den Hals zu hängen oder an ihrem Rockzipfel festzuhalten.

»Und weil wir nimmer kunnten gnug büßen und Werk tun, es blieben gleichwohl immerdar eitel Schrecken und Furcht in seinem Zorn, weiseten sie uns weiter zu den Heiligen im Himmel, als die da sollten zwischen Christo und uns Mittler sein; lehreten uns die liebe Mutter Christi anrufen, und sie vermahnen der Brüste, die sie ihrem Sohn gegeben hat, daß sie wollte seinen Zorn über uns abbitten, und seine Gnade erlangen« (Erikson 1976, S. 76).

Luther wollte direkt zu Gott finden, ohne Mittler. Er

wollte »direkt reden, selber reden, ungeniert mit seinem Gotte reden« (Erikson 1976, S. 105). Er beschwichtigte Gott nicht mehr durch Unterwerfung unter Maria und begann den Teufel auch zur Wendung der Aggression nach außen gegen die weltlichen Herrscher zu benutzen. Luther gewann an Autonomie, er überwand Spaltung und Idealisierung. Gott und Teufel wurden versöhnlicher und damit in die Persönlichkeit integrierbar. Er ernannte den Teufel zum Vollstrecker seines Martyriums. Damit beherrschte Luther den Teufel, nicht dieser ihn. Mit Hilfe des Teufels konnte er gegen den Papst fluchen.

»Denn ich kan nicht beten, Ich mus da bey fluchen. Sol ich sagen: Geheiligt werde dein name, mus ich dabey sagen: Verflucht, verdampt, geschendet müsse werden der Papisten namen und aller, die deinen namen lestern. Sol ich sagen: Dein Reich kome, so muß ich da bey sagen: verflucht, verdampt, verstöret müsse werden das Bapsttum ... Warlich, so bete ich alle tage mündlich und mit dem hertzen on unterlas« (Erikson 1976, S. 272).

Als die Kehrseite des Lebens bezeichnete Luther in späteren Jahren den Teufel, mit dem er sich streiten, sich beraten und den er manchmal fortschicken konnte. Wenn ihn irgendetwas störte, stellte ihn die Feststellung zufrieden, daß der Teufel am Werk sei, und er begab sich mit einem Ausdruck der Verachtung zur Ruhe. Fiel bei einer Trauung der Trauring zu Boden, befahl er dem Teufel laut, sich hier herauszuhalten (Erikson 1976, S. 274).

Die zwei »regna« wurden für Luther integrierbar: die Sphäre göttlicher Gnade und die Sphäre der Natur, das Animalische, die in den inneren Konflikten des Menschen existieren, »die zwwo personen odder zweyerley ampt, denen der Christ auf Erden gleichzeitig gerecht werden muß« (Erikson 1976, S. 236). Mit der Akzeptanz des »Animalischen« wurde Gott versöhnlich, auch ohne Unterwerfung.

Die Besessenen

Die Besessenheit war in der frühen Neuzeit vorwiegend unter Frauen weit verbreitet. In einigen Gegenden breitete sie sich epidemieartig aus (Schumacher 1937, S. 10ff.). Die besessenen Frauen wurden in der Regel nicht als Hexen bezeichnet, sie machten allerdings häufig andere für ihren Zustand verantwortlich und beschuldigten diese, ihnen die Besessenheit angehext zu haben, woraufhin diese nicht selten als Hexen angeklagt und verurteilt wurden.

»Es ist häufig, daß Besessene nichtbesessene Drittpersonen als Hexen bezeichnen. Dagegen kommt es unvergleichlich viel seltener vor, dass Besessene in den Verdacht geraten, selber Hexen zu sein« (Ernst 1972, S. 25).

»Es scheint, dass es in den Jahrhunderten der Hexenverfolgung eine Art primitive Psychopathologie gab: die junge Frau, die akut seelisch gestört war, Krämpfe, Kreisbogen, Starrheit, veränderte Stimme und Mimik zeigte, galt als besessen, und man versuchte sie zu heilen. Über der alten Frau, die, chronisch misstrauisch und zu gelegentlichen Schimpftiraden geneigt, in ihrer armseligen Hütte dahinvegetierte, zog sich allmählich der Verdacht, sie sei eine Hexe, zusammen: sie wurde gefoltert und hingerichtet« (Ernst 1972, S. 124).

Die Besessenen lebten in der Überzeugung, daß ihre eigentliche Seele von einem Teufel, der in sie hineingefahren war, gefesselt oder unterdrückt wurde. Nicht sie, sondern der Teufel übte diese oder jene Handlung aus. Nicole le Roy (Ernst 1972, S. 56ff.) glaubte beispielsweise, daß, wenn sie sich mit der rechten Hand bekreuzigte und dann mit der linken Hand unwillkürlich die rechte schlug, der Teufel die linke Hand dazu veranlasse. Häufige Symptome der Besessenheit waren motorische Erregungszustände, Krämpfe, Luftschlucken, Starrheit, Kreisbogen, Lähmungen, fehlende Schmerzempfindung, Taubheit, Stummheit, Blindheit, Puerilismus und Symptome einer alternierenden Persönlichkeit, wie etwa im obigen Beispiel von Nicole le Roy.

Besessene gaben zuweilen auch Fremdkörper wie Stecknadeln oder Nägel von sich oder verfügten über so außergewöhnliche Kräfte, daß sechs kräftige Männer eine Besessene nicht halten konnten. Häufig gaben Besessene an, daß der Teufel sie zu bestimmten Orten entführe (Ernst 1972, S. 117ff.).

Im 3. Jahrhundert entstand ein sogenanntes Exorzistenamt. Zum Exorzismus gehörte die Frage nach dem Namen des Dämons. Der Teufel wurde durch Drohungen zur Ausfahrt gezwungen und gab ein Zeichen, wenn er die Besessene verlassen hatte. Der Exorzismus sollte in der Kirche stattfinden. Die Besessene sollte beten, beichten und kommunizieren. Der Exorzismus dauerte gewöhnlich mehrere Stunden (Ernst 1972, S. 18f.).

Betrachten wir einige Fälle von Besessenheit in der frühen Neuzeit genauer. Nicole Obri (Ernst 1972, S. 32ff.) stammte aus dem Dorf Vervins, etwa 40 km von der Bischofsstadt Laon entfernt. Sie war Tochter eines Metzgers und im Alter von 15 Jahren gerade drei Monate verheiratet, als die Symptome der Besessenheit begannen. Die Familie lebte in geordneten Verhältnissen, Nicole selbst hatte einige Jahre im Kloster verbracht und dort notdürftig lesen gelernt. Sie soll sehr hübsch gewesen sein. Im November 1565 betete Nicole am Grab ihres Großvaters, der ohne Beichte plötzlich gestorben war. Auf einmal sah sie einen Mann in einem Leichentuch. Nach dieser Erscheinung schlief sie nicht mehr, verweigerte die Nahrung und wollte zu ihren Eltern zurückkehren, die sie aber wieder zum Ehegatten zurückschickten. Einige Tage später erschien der Mann im Leichentuch wieder und forderte sie auf, für die Erlösung des Großvaters den Ehemann zu Wallfahrten zu schicken. Nachdem der Ehemann nicht alle geforderten Wallfahrten wegen schlechten Wetters durchführte, verschlechterte sich Nicoles Zustand. Bald war sie hochgradig erregt, schlug mit dem Kopf gegen die Hausmauer und wollte sich ins Feuer werfen, bald war sie taub, stumm, blind und steif am ganzen Körper. Sie konnte sich jeweils nicht an diese Zustände erinnern.

Abbildung 12: *Die Besessenen* (Peter Brueghel, 16. Jahrhundert)

Im Laufe der nächsten Wochen wurde aus der Erscheinung des Mannes im Leichentuch die Besessenheit durch den Teufel. Jetzt entführte sie der Teufel in den Schweinestall, oder sie sprach mit einem unsichtbaren Partner. Als

Nicole offiziell als besessen galt, wandte sich die Öffentlichkeit ihr zu. Öffentliche Gebete und Prozessionen wurden angeordnet. Täglich wurde Nicole, um sich schlagend und schreiend, von sechs Männern in die Kirche von Vervins getragen. Der Teufel verstärkte sein Toben, Nicoles Gesicht wurde dunkelblau, der Leib schien anzuschwellen, und ihr Geschrei tönte über den Marktplatz. Der Teufel fuhr aber nie in der Kirche aus und Nicole wurde erst ruhig, wenn sie wieder ins Elternhaus gebracht wurde.

Während eines privaten Exorzismus, als nur die Angehörigen anwesend waren, wurde der Teufel nach dem Grund seines Einfahrens befragt. Der Teufel erzählte, Nicole sei vor vier Jahren von ihrer Mutter verflucht, also dem Teufel übergeben worden, als sie, statt auf ihr Schwesterchen aufzupassen, zum Tanz ging. Das kleine Mädchen verlor bei dieser Gelegenheit den Rosenkranz. Als Nicole ahnungslos heimkehrte, wollte die Mutter sie schlagen. Mit dem mütterlichen Fluch begann die Bewußtseinsveränderung: Der Teufel ließ das Mädchen am Fluß stolpern, um es zu ertränken. Nicole versuchte auf sein Betreiben das Geld des Großvaters zu stehlen, um damit fortzugehen, konnte aber die Geldkiste nicht öffnen. Sie stahl Handtücher, Bettwäsche, Geschirr und verkaufte das Gestohlene einer Hehlerin. Der Teufel ließ sie die Kellertreppe hinunterstürzen.

Sie wurde mehrfach öffentlich in Laon exorziert und eine riesige Menschenmenge strömte in die Kathedrale, um zu sehen wie der Teufel, legte man ihr eine Hostie auf den Mund, aus ihrem Leib ausfuhr. Sie war anschließend wie ausgewechselt. Der Teufel wehrte sich jedesmal gegen die Exorzismen. Auf dem Weg in die Kathedrale hatten beispielsweise alle in der Kutsche Anwesenden plötzlich heftige Kopfschmerzen. Nicole hatte inzwischen dreißig Teufel und wurde in verschiedenen Wallfahrtskirchen und in der Bischofsstadt öffentlich exorziert. Dort stieß sie Blasphemien aus, bewegte sich in Kreisbogenstellung auf Kopf und Füssen umher, so daß zum Entsetzen der Anwesenden die Schamteile sichtbar wurden. Sie beruhigte sich erst durch Auflegen der Hostie. Dies galt als Beweis gegen die Hugenotten, daß die Hostie der Körper Christi sei.

Abbildung 13: *Beschwörung eines Besessenen* (Moscheroch 1540)

Die Symptome hörten wahrscheinlich nie vollständig auf. 1577 wurde berichtet, daß sie von mehrmonatiger Blindheit genesen sei. Zweimal wurde sie gefangengenommen und lief Gefahr hingerichtet zu werden. Der enorme Einsatz für die Besessene ist charakteristisch für die damalige Zeit, auch wenn dieser bei unvorherzusehenden Wendungen in den Prozessen kippen konnte.

Im Unterschied zu vielen anderen Besessenen klagte Nicole niemand an, sie verhext zu haben. Wahrscheinlich war bei ihr die Hemmung zu groß, die eigenen Eltern anzuklagen. Nicoles unmoralisches Verhalten und die folgenschwere Verfluchung durch die Mutter zeigen aber den inneren Konflikt, in dem Nicole stand. Die Verfluchung durch die Eltern war ein klassisches Motiv für den Ausbruch der Besessenheit (Ernst 1972, S. 37).

Nicole fürchtete die Bestrafung (Verfluchung) für ihr aggressives, aber auch Autonomie und sexuelle Aktivität (Tanz) suchendes Verhalten. Durch Spaltung und Projektion ihrer eigenen Impulse in den Teufel, sucht sie diese abzuwehren. Der Teufel übernimmt aber auch die Funktion der Selbstbestrafung (Wendung der Aggression gegen das Selbst), er läßt Nicole die Kellertreppe herunterfallen. Die innere Abwehr wird durch Unterwerfung unter die kirchlichen Autoritäten und die Inkorporation des Leibes Christi gestärkt. Mit den asketischen Verhaltensweisen, Nicole schickte ihren Ehemann auf gefährliche Wallfahrten, suchte sie die eigenen, als unmoralisch erlebten sexuellen Wünsche zu unterdrücken. Der Über-Ich-Konflikt (Verfolgungsangst durch Verfluchung) wird über Spaltung, Projektion und primitive Idealisierung (der Leib Christi) abgewehrt. Nicole verliert dabei an Autonomie, sie ist entweder der Kirche oder den abgespaltenen Impulsen unterworfen.

Die gut dokumentierte Geschichte der Anna Göldin (Hasler 1982) zeigt die Beziehung zwischen dem Mädchen Anna Maria Tschudi, die als Neunjährige besessen wurde, und der Magd Anna Göldin, der letzten in der Schweiz als Hexe hingerichteten Frau.

Anna Göldin wurde 1734 in Glarus geboren. Mit 14 Jahren wurde sie von der Mutter, der Vater war bereits verstorben, aus dem Haus geschickt, nachdem ein Knecht sich an ihr zu vergehen suchte. Sie verdingte sich als Magd in verschiedenen Haushalten, wurde zweimal schwanger, beide Kinder starben nach der Geburt. Anna Göldin wurde als Kindsmörderin angeklagt und bestraft. 1780 trat sie ihren Dienst im Haushalt des Arztes und Fünferrichters Tschudi an. Das Ehepaar Tschudi hatte zwei Töchter, Susanna und Anna Maria, sowie den Sohn Heinrich. Susanna galt als die klügere der Schwestern. Die Tochter Anna Maria begann bald die Nähe der Magd zu suchen, begleitete sie auf Einkaufsgängen und schlief nachts bei ihr im Bett, weil sie sich fürchtete. Frau Tschudi war Anna nicht sehr wohlgesonnen, sie sei eitel und binde die Kinder zu sehr an sich. Sie nahm wohl auch die Nachstellungen ihres Ehemannes der Magd gegenüber wahr. Nach einem Jahr ereignete sich ein folgenschwerer Streit. Anna Maria stieß in der Küche der Magd die Haube vom Kopf. Anna Göldin gab ihr einen leichten Stoß. In Unkenntnis des Sachverhalts bestrafte die Mutter die Tochter Susanna. Anna Göldin erklärte Frau Tschudi, daß sie die falsche Tochter bestraft habe. Wenige Tage nach dem Streit fand sich die erste Stecknadel in der Frühstücksmilch von Anna Maria, die damals neun Jahre alt war. Täglich fanden sich nun Stecknadeln in der Milch. Anna Maria beschuldigte die Magd und diese wurde entlassen.

Anna Maria litt unter schweren Zuckungen, warf sich im Kreisbogen auf den Boden und spuckte Stecknadeln und Eisendrähte. Hinzu kam bald die Lähmung des linken Beines mit einer Kontraktur. Die Anfälle traten nur tagsüber auf. Anna Maria wurde vom ganzen Ort bemitleidet, täglich kamen Besucher, die sich auf Stühlen um das Bett setzten und das Kind beobachteten. Das Bett war mit Bettzeug feinster belgischer Spitzen bezogen.

Die Magd Anna zog zu ihrer Base und schließlich zu ihrer Schwester. Ihre ganzen Ersparnisse, 16 Dublonen, die sie in 25 Jahren angespart hatte, wurden von der Obrigkeit abgefangen und einbehalten. Die Gerüchte mehrten sich, daß Anna Göldin vom Hausherrn schwanger sei. Nun erst ließ man die Magd suchen und verhaften. Diese leugnete entschieden, Anna Maria verhext zu haben, folgte aber unter Druck der Aufforderung, sich das Kind einmal in seinem jämmerlichen Zustand anzusehen. Die Magd wurde zu dem Kind geführt, betete dort für dieses und bewegte die Beine, worauf schlagartig die Symptome nachließen. Die Magd wurde gefoltert, sie gestand und wurde die letzte in der Schweiz 1782 hingerichtete Hexe.

Die Geschichte von Anna Göldin zeigt die Beziehung zwischen einer Besessenen und der von ihr beschuldigten Hexe. Anna Maria liebte die Magd, und als ungeliebtes Kind der Eltern suchte sie die Nähe der Magd. Als diese im Streit die Partei der gehaßten Schwester ergriff, war Anna Maria vermutlich tief enttäuscht. In ihrer Wut wandelte sich das Bild der guten Mutter in das der bösen, sie bestrafenden und verfolgenden Hexe. Aus der geliebten Magd wurde im Inneren des Mädchens die ihr böse gesonnene Hexe. Aus der guten Milch wurde die zerstörerische Stecknadel-Milch.

Wie bei der Hexenbeschuldigung Nichtbesessener lag auch hier ein unmoralisches Verhalten der Beschuldigerin vor, deren Aggressionen und Verfolgungsängste mit der Enttäuschung durch die Magd vermutlich gesteigert wurden. Auf dem Weg der projektiven Identifizierung über die Beschuldigung der Magd wurde der innere Konflikt bewältigt. Wie bei Nicole führte der Teufel sowohl die abgewehrten Impulse aus (unzüchtiges Verhalten) wie auch die Abwehr, also unbewußte, autoaggressive Selbstbestrafung durch Essen von Stecknadeln. Die Spaltung in entgegengesetzte Bewußtseinszustände diente in erheblichem Maße der Abwehr der Aggression, die mit der erfolgreichen Beschuldigung und Hinrichtung der Hexe nach außen gewendet werden konnte, was folglich zur Besserung der Symptome führte.

In Nonnenklöstern brachen in der frühen Neuzeit häufig ganze Besessenheitsepidemien aus (Ernst 1972, S. 97). Große Bekanntheit erlangte der Fall der Nonnen Madelaine de Demandouls und Louise Capeau (Ernst 1972, S. 98ff; Michelet 1974, S. 144ff.). Madelaine erkrankte im Kloster in Aix 19jährig an der Besessenheit. Sie wurde nach St. Baume zum Exorzismus gebracht, wo dann eine weitere Nonne, Louise, ebenfalls besessen wurde. Louise wurde erst besessen als sie sah, wieviel Aufmerksamkeit man Madelaine gegenüber aufbrachte. Beide Nonnen verhielten sich feindselig gegeneinander. Louise hielt im Namen ihres Teufels Predigten und Madelaine versuchte, diese durch Zwischenrufe und Geschrei zu unterbrechen. Louise demütigte und beschimpfte Madelaine, während diese stillere Erregungszustände entwickelte. Louise behauptete durch ihren Teufel, daß Madelaine von dem jungen Priester Gauffridy auf dem Hexensabbat verführt worden sei. Madelaine wiederum bekundete, daß sie 14jährig von Gauffridy verführt worden war und bei Eintritt in das Kloster durch diesen verhext (Ernst 1972, S. 100). Nach Michelet (1974, S. 143) entsprach es den Tatsachen, daß Gauffridy seine Schülerin verführte hatte und, da er diese nicht heiraten wollte, Madelaine schließlich aus Furcht und Schande ins Kloster flüchtete. Madelaines Erregungszustände wurden ausgeprägter, sie wälzte sich nun unzüchtig am Boden und gab an, in St.Baume auf einem Hexensabbat als Königin gewesen zu sein. Gauffridy sei der Hexenkönig gewesen und habe sie dort verführt. Gauffridy wurde nach St.Baume beordert, war den Beschuldigungen der beiden Nonnen nicht gewachsen, wurde gefoltert und legte nach schweren Folterungen ein Geständnis ab. 1611 fand er den Feuertod. Madelaine wurde nach der Hinrichtung symptomfrei und ging mit armen Frauen Holz sammeln, das sie für ein Almosen verkaufte. Louise gab noch weitere Namen von Zaubereiverdächtigen an, unter ihnen ein armes, auf beiden Augen blindes Mädchen, das ebenfalls verbrannt wurde (Ernst 1972, S. 105ff.).

Immer wieder klagten Nonnen Priester – gelegentlich auch Mitschwestern – an, ihre Besessenheit verursacht zu haben. Konflikte im Klosterleben, sexuelle Phantasien, Wünsche und Enttäuschungen wurden über die Hexenbeschuldigung gelöst. Eine Epidemie wurde aus der Besessenheit, wenn eine Mitschwester eifersüchtig auf die Zuwendung wurde, die eine besessene Nonne erhielt. Bekannt geworden sind die Besessenheitsepidemien von Auxonne in den Jahren 1658-1663 (Ernst 1972, S. 113) und von Loudon in den Jahren 1632-1634 (Michelet 1974, S. 158ff.).

Auslösesituationen für eine Besessenheit waren in vielen Fällen Enttäuschungen und Versagungen: die Verfluchung durch die Mutter (Nicole Obri), der Verrat der über alles geliebten Magd (Anna Tschudi), die Zurückweisung des geliebten Priesters (Madelaine de Demandouls) oder die erhöhte Aufmerksamkeit, die einer Mitschwester zuteil wurde (Louise Capeau). Der Enttäuschung vorausgegangen ist zudem ein unmoralisches Verhalten der Besessenen: Nicole paßte nicht auf das Schwesterchen auf, Anna stieß der Magd die Haube vom Kopf, und Madelaine gab sich dem Priester hin.

Die sexuellen oder aggressiven Impulse wurden in der Besessenheit nach Enttäuschungen oder Ablehnungen durch Spaltung abgewehrt. Es entstanden Verfolgungsängste (archaische Schuldgefühle). Durch Spaltung, Projektion auf den Teufel und Unterwerfung unter entgegengesetzte asketische Ideale wurde der Konflikt innerpsychisch ausgetragen und führte zur Symptombildung. Auf dem Weg der projektiven Identifizierung konnte über die Hexenbeschuldigung der Affekt wiederum externalisiert werden und eine Befreiung von den Symptomen bewirken. Vermutlich wurde die Spaltung als Affektabwehr begünstigt durch eine vor der Besessenheit vorliegende Idealisierung des äußeren Objektes, wie bei der Magd Anna, um frühere schwere Enttäuschungen und Versagungen abzuwehren. Die Exorzismen konnten durch die ungeheure Aufmerksamkeit, die man den Besessenen zuteil werden ließ (sekundärer Krankheitsgewinn), durch den erbetenen Schutz der Maria (der idealisierten, guten Mutter) und durch asexuelle Beichtväter durchaus eine Linderung der Symptome bewirken, da sie die abgewehrten Impulse unterdrücken halfen. Der Enttäuschung in der Auslösesituation folgte eine Regression und die Spaltung wurde sekundär überhöht. Klein (1972, S. 122f., S. 149f.) zufolge kann das Ich die Integration von Gut und Böse dann nicht durcharbeiten, wenn Verfolgungsängste und Spaltungsvorgänge zu stark sind. Das Ich regrediert und Verfolgungsängste und Spaltungsmechanismen werden wiederum so verstärkt, daß ein Teil der Persönlichkeit abgespalten wird. Warum aber waren vor allem Frauen von der Besessenheit betroffen?

Sicher hatten Mädchen im Vergleich zu Knaben mehr Ablehnungen, Enttäuschungen und vor allem ein Übermaß an sexueller Unterdrückung zu erleiden. Teilweise geringfügige Frustrationen während der beschriebenen Auslösesituationen reichten dann aus, die Regression und die Besessenheitssymptomatik entstehen zu lassen. Mädchen werden zudem eher zur Wendung der Aggression gegen die eigene Person erzogen (Heinemann 1996).

Die Geschichte der Kindsmorde zeigt, daß zu allen Zeiten Mädchen wesentlich häufiger getötet wurden als Knaben (Piers 1976, S. 421). Die abwertende Haltung Mädchen gegenüber drückte sich auch darin aus, daß man im Frankreich des 17. Jahrhunderts Mädchen abfällig als Pisser oder Pappkameraden bezeichnete (Marvick 1982, S. 398). In Briefen wird die ablehnende Haltung Mädchen gegenüber deutlich: »Der Vater ist ein so guter, weiser und verständiger Mann, daß er Mädchen ebenso gern haben wird wie Jungen. Dennoch wäre es ein großer Trost für dich, auch Jungen zu haben, auf daß das Gedächtnis deines guten Namens nicht so schnell vergeht, wie es ohne Söhne geschieht. Denn Mädchen schaffen, wie du weißt, keine Familien, sie sind ihr ›Untergang‹« (Ross 1982, S. 294).

Man wünschte sich, vor allem in der Oberschicht, einen

Erben und fürchtete die immer stärker steigenden Mitgifte. Einer schwangeren Frau glaubte man anzusehen, ob sie ein Mädchen oder einen Jungen erwartete: »Eine Frau mit gesunder Farbe und wohltuend warmer Körpertemperatur würde einen Jungen erwarten; falls sie mit einem Mädchen schwanger gehe, könnte man dies deutlich erkennen an ›einem blassen, niedergeschlagenen und dunklem Gesichtsausdruck, einem schwermütigen Blick: Sie ist launisch, leicht reizbar und betrübt ... ihr Gesicht mit roten Flecken überzogen‹« (Illick 1982, S. 423). Während man Knaben in der frühen Neuzeit ungefähr zwei Jahre stillte, wurden Mädchen nur etwa ein Jahr gestillt (McLaughlin 1982, S. 169).

Daß diese ungünstigeren Sozialisationsbedingungen einen wesentlichen Einfluß auf die psychische Situation der Frauen der frühen Neuzeit und damit auf das Entstehen einer Besessenheit hatten, können wir zumindest bei Anna Tschudi nachvollziehen. Anna war das ungeliebte Kind ihrer Eltern, die Schwester galt als klüger und wurde von den Eltern bevorzugt (Hasler 1982, S. 42f.). Zur Abwehr ihrer eigenen Aggressionen und des Bildes der bösen Mutter idealisierte sie die Magd Anna (guten Mutter-Imago). Als diese nun auch frustrierend wurde und die Schwester in Schutz nahm, setzten die Symptome der Besessenheit ein. Das Bild der bösen Mutter, der Hexe, wurde auf die Magd projiziert.

Die Wechselbälger

Zum Phänomen des Hexenwahns gehörte auch eine etwas weniger bekannte Erscheinung: der Wechselbalg. Gebrechliche, mißgebildete oder stark verhaltensauffällige Kinder galten als vom Teufel mit einer Hexe gezeugte Kinder.

Zu allen Zeiten wurde körperliches Unbehagen der werdenden Mutter und die Krankheiten des Kindes im frühen Alter auf Angriffe böser Wesen zurückgeführt. Eine große Zahl feindlicher Mächte, blut- und marksaugende Vampire, krankheitsbringende Geister, kinderraubende Dämonen, stellten dem neugeborenen Kind nach. Dem hilflosen Säugling drohten Raub und Tausch durch mißgünstige Dämonen, die, wie der deutsche Volksglaube sagte, die schönen Menschenkinder begehren, um ihre eigene Rasse aufzubessern. Die mißgebildeten Kinder, für deren körperliche Eigentümlichkeiten keine überzeugende Ursache angegeben werden konnte, waren zu allen Zeiten einer besonderen Betrachtung ausgesetzt (Appel 1937, S. 5ff.).

Der typische Wechselbalg wurde allgemein als klein und häßlich, mit einem dicken Kopf und kleinen Händen beschrieben. Manchmal hatte er auch einen dicken Bauch und Beine wie Stöcke. Dieses kleine, mißgestaltete Wesen wurde durchschnittlich 12 Jahre alt. Ihm wurde eine ungeheure Gefräßigkeit nachgesagt. Vier oder fünf Mütter reichten nicht aus, ihn zu ernähren. Diese Anzeichen weisen auf Krankheitsbilder hin, die wir heute als Kretinismus, Hydrocephalus oder auch Rachitis bezeichnen.

Die Wechselbälger galten vor der frühen Neuzeit als von Dämonen ausgewechselte Kinder, daher der Name Wechselbalg. Mit dem entsprechenden Abwehrzauber konnte das Auswechseln verhindert werden. So sollte man bis zur Taufe neben der Wiege Licht brennen lassen, etwas Stählernes in die Wiege legen, die Wiege auf den Dielenwechsel stellen und ähnliche Dinge. Das Nichtbeachten des Wechselbalges, aber auch das Prügeln, Schreien oder Hungern lassen desselben brachte angeblich die eigenen Kinder zurück. Berührte man den Wechselbalg, blieb er im Haus. Brauen von Eierschalen oder Kochen von Schuhsohlen beispielsweise bringe den Wechselbalg zum Reden oder Lachen, wodurch er sich verrate und dann wieder von den Dämonen zurückgeholt werde. Es waren heidnische Dämonen, nicht der Teufel, die die Menschenkinder bedrohten. Bei den ursprünglichen Wechselbalgvorstellungen wurde immer die völlige Schuldlosigkeit der Mutter betont. Die Dämonen wurden für das mißgestaltete Kind verantwortlich gemacht.

»Einer Mutter war ihr Kind von den Wichtelmännern aus der Wiege geholt, und ein Wechselbalg mit dickem Kopf und starren Augen hineingelegt, der nichts essen und trinken wollte. In ihrer Not ging sie zur Nachbarin und fragte sie um Rat. Die sagte, sie solle den Wechselbalg in die Küche tragen, auf den Herd setzen und Feuer anmachen und in zwei Eierschalen Wasser kochen, das bringe den Wechselbalg zum Lachen, und wenn er lache, dann sei es aus mit ihm. Die Frau tut alles, wie sie die Eierschalen mit Wasser übers Feuer setzt, spricht der Klotzkopf: ›nun bin ich so alt wie der Westerwald und hab nicht gesehen, daß jemand in Schalen kocht!‹ und muß darüber lachen, und wie er lacht, kommt auf einmal eine Menge Wichtelmännerchen, die bringen das rechte Kind, setzen es auf den Herd, und nehmen ihren Gesellen mit fort« (Appel 1937, S. 6).

Der typische Aufbau der Sage bestand im Raub des schönen Menschenkindes, dem Erkennen des Wechselbalgs, dem Abwehrzauber und der Wiedererlangung des eigenen Kindes. Gelegentlich nahm man auch an, daß das eigene Kind bei den Dämonen genauso behandelt wurde, wie man den Wechselbalg im eigenen Haus behandelte.

Mißgestaltete oder behinderte Kinder wurden also keineswegs immer getötet. Die externale Schuldzuschreibung ermöglichte offensichtlich einen toleranten Umgang mit Behinderung. Die Mütter brachten schöne Menschenkinder zur Welt, die dann von den Dämonen ausgewechselt wurden. Die Behinderung des Kindes war keine narzißtische Kränkung der Mutter, sie hatte ein schönes Menschenkind erzeugt, das ihr genommen wurde. Durch Berühren, Reden oder Lachen veränderte sich vielleicht die Wahrnehmung der Mütter und diese akzeptierten das behinderte Kind als eigenes Kind. Berührung, Reden und Lachen sind Ausdruck einer Bindung zwischen Mutter und Kind. Wurde das eigene Kind bei den Dämonen so behandelt, wie der Wechselbalg bei den Menschen, war dies für die Mütter eine rationale Begründung, die es ihnen ermöglichte, das behinderte Kind gut zu behandeln. Noch im 14. Jahrhundert läßt sich eine gewisse Toleranz gegenüber Menschen mit Behinderungen in der Bevölkerung feststellen. Diese bewegten sich frei in der Gesellschaft, zumindest wenn sie keine bedrohlichen Verhaltensweisen zeigten.

»Menschen, die unter geringfügigeren geistigen Störungen litten, wurden meist nicht eingeschlossen, sondern bewegten sich frei unter ihren Nachbarn, wie auch die Verkrüppelten, die Spastiker, die Skrofulösen und andere Außenseiter« (Tuchman 1980, S. 465).

Bis zum Hochmittelalter wurden viele mißgestaltete Kinder aus gehobeneren Schichten dem Kloster übergeben.

»Es geschah dies (die Übergabe von Kindern ans Kloster, E. H.) aus Überlegungen heraus, den Kindern eine standesgemäße Versorgung zu sichern und dies zumal, wenn sie in irgendeiner Weise körperlich mißgestaltet waren; Namen bekannter Schriftsteller des Hochmittelalters wie Hermann der Lahme (contractus) oder Notker der Stammler (labeo) weisen auf diesen Umstand hin« (Arnold 1980, S. 22).

Als schließlich im 16. und 17. Jahrhundert die Hexen- und Teufelsvorstellungen zu dominieren begannen, der Hexenwahn sein Unwesen trieb, änderte sich auch die Einstellung Menschen mit Behinderungen gegenüber. Diese wurden zwar weiterhin als Wechselbälger bezeichnet, aber sie galten nicht mehr als von den Dämonen ausgetauscht, sondern als Früchte des Geschlechtsverkehrs einer Hexe mit dem Teufel. Da eine angeborene Behinderung oder eine Behinderung, deren Ursache unbekannt war, die Frage nach deren Verursachung aufwarf, wurde sie in der Zeit der Bekämpfung sexueller Impulse mit verbotener Sexualität in Verbindung gebracht.

Auf Jahrmärkten wurden Mißgeburten und Krüppel ausgestellt, die der Teufel gezeugt habe (Hammes 1977, S. 84). Da die mißgestalteten Kinder aus dem Umgang mit dem Teufel entsprangen, ließ man sie auch ohne Mitleid zugrunde gehen (Graf 1936, S. 196). Welche Folgen sich für Menschen mit Behinderungen aus dem Hexenwahn ergaben, zeigte sich bereits 1494 in Osnabrück, als 160 psychisch und geistig behinderte Menschen als Hexen und Schwärmer auf dem Scheiterhaufen verbrannt wurden. Auch Luther hielt Wechselbälger für eine Masse seelenlosen Fleisches, so daß er riet, diese zu ersäufen (Meyer 1983, S. 91).

Diesen Vorstellungswandel drückte der Hexenhammer aus: »Einige nämlich sind immer mager und heulen, während doch vier Frauen mit keinem (noch so großen) Milchreichtum (auch nur) eins zu nähren genügen würden. Andere aber sind mit Hilfe der Incubus-Dämonen hervorgebracht; sie sind jedoch nicht eigentlich deren Söhne, sondern des Menschen und Mannes, dessen Samen sie als Succubi oder indem sie im Schlafe die Männer beflecken empfangen haben. Diese Kinder nämlich schieben sie bisweilen nach Wegnahme der eigenen Söhne mit göttlicher Zulassung unter. Es gibt auch noch eine dritte Art, wenn Dämonen bisweilen in der Gestalt der Kleinen erscheinen und sich mit den Ammen vereinigen. Gemeinsam bei allen drei ist, daß sie sehr schwer und mager sind, nicht wachsen können, und, wie vorausgeschickt ist, durch keinen Milchreichtum gestillt werden können; sie sollen auch oft verschwunden sein« (Sprenger und Institoris 1983, 2. Teil, S. 270).

Während im obigen Text noch die ursprüngliche Wechselbalg-Sage anklingt, so wurde bei der Frage, warum Gott dies zuläßt, bereits der Ehebruch der Frau behandelt, die Behinderung wurde also auf die verbotene Sexualität der Frau zurückgeführt: »... und wenn ein eifernder Gatte die Anzeichen des Ehebruchs nicht duldet, wie wird er dann bestürzt, wenn (die Frau) den Ehebruch begeht! Daher ist es nicht verwunderlich, wenn (solchen Frauen) die eigenen Söhne weggenommen und im Ehebruch erzeugte untergeschoben werden« (Sprenger und Institoris 1983, 2. Teil, S. 271).

Bei Sprenger und Institoris wurde dem Ehebruch mit dem Teufel die gleiche Qualität wie realer Ehebruch zugesprochen. Stellte der Teufel die eigenen Wünsche dar, wird dies verständlich. Für die Behinderung des Kindes wurde jetzt die Sexualität der Mutter verantwortlich gemacht.

Die Verfolgung und Vernichtung von Menschen mit Behinderungen scheint jedoch in der frühen Neuzeit niemals das Ausmaß angenommen zu haben, das wir für die Hexenverfolgungen verzeichnen können. Thomas (1979, S. 296) bezweifelt sogar, daß Menschen mit Behinderungen wirklich getötet wurden, weil sie Kinder des Teufels waren. Seiner Meinung nach sind sie nur dem Hexenwahn zum Opfer gefallen, weil sie durch ihre soziale Lage zum Betteln gezwungen waren und so in das typische Hexenbeschuldigungsmuster hineingerieten.

Die Kinderzeugen

In zahlreichen Hexenprozessen denunzierten Kinder andere Personen als Hexen. Oft waren die von den Kindern Beschuldigten nahe Verwandte: Eltern, Großeltern, Vettern, Basen oder auch Nachbarn (Weber 1996, S. 21). Wer waren diese Kinder?

Die Kinder waren oft arme, verlassene und verstoßene Kinder. Sie waren in ihrem Verhalten auffällig, oft waren sie Waisen oder Halbwaisen, die in fremden Haushalten oder auf der Straße lebten. Die Kinder galten als sexuell aktiv, waren in frevlerischer Weise verführerisch, sie hatten Phantasien, mit dem Teufel zu schlafen. Meistens hatten sie reale sexuelle Erfahrungen, was Weber (1996, S. 176ff.) dazu veranlaßt, sie als sexuell mißbrauchte Kinder zu beschreiben, denen die Hexenbeschuldigung die Möglichkeit bot, sich zu rächen und ihre Gefühle auf mythologische Weise auszudrücken. Im Gegensatz dazu sieht Sebald (1996) die Kinderzeugen als Beweis für die Phantasietätigkeit und Unglaubwürdigkeit von Kindern, die Einschätzungen entsprechen der heutigen Mißbrauchsdiskussion.

Weber (1996, S. 186) gibt an, daß in den von ihm untersuchten 37 Fällen in Baden-Württemberg bei etwa 1/4 der Fälle sexueller Mißbrauch stattgefunden habe, in der Hälfte der Fälle eine sexuelle Verführung wahrscheinlich sei. Vor allem die realistischen Details der Verführungen und Vergewaltigungen sind nach Weber ein Zeichen, daß sexueller Mißbrauch wirklich stattgefunden hat. Barbara Schurtz aus Weinsberg schilderte 1662 die Verführungsszene durch einen Erwachsenen: »Der Teufel habe sie gepackt und zu einem Loch hinter den Hecken getragen. Dort habe er sie aufgedeckt. Plötzlich sei er ihr nicht mehr als Teufel, sondern wie ein Mann erschienen. Der Mann, sagte sie, sei am Bauch und überall ganz rot gewesen. Am Bauch, ergänzte sie, habe er auch Haare gehabt« (Weber 1996, S. 179f.).

In diesem Fall wurde das Mädchen von drei Hebammen untersucht, die aussagten, daß das Mädchen nicht nur einmal, sondern mehrfach vergewaltigt worden sein mußte. Das Mädchen wurde in ein Spital gebracht, wo es nachts von Angstträumen geplagt wurde, daß der Teufel es besuchen komme.

Die meisten Kinder waren bereits vor ihrer Verführung durch den Teufel als ungehorsam und aufmüpfig aufgefallen. Nach der Verführung drückten die Kinder starke Ängste aus, zum Hexentanz hinausgeführt zu werden und konnten nicht schlafen. Hinsichtlich des Geschlechts waren die Kinder gleichmäßig verteilt. Das jüngste Kind war vier Jahre, die meisten Kinder zwischen sieben und zehn Jahre alt (Weber 1996, S. 104).

Die Selbstdenunziation, mit dem Teufel zu schlafen, zielte bei den Kindern von vornherein auf eine Fremdbeschuldigung (Weber 1996, S. 132). Todesstrafen wurden für Kinder, die sich ja immerhin in gefährlicher Weise selbst beschuldigten, nur selten ausgesprochen und vollzogen. Meist bestand die Bestrafung der Kinder aus öffentlichen Rutenschlägen oder ein Pfarrer wurde beauftragt, mit ihnen und für sie zu beten. In der Regel wurde belehrende und christliche Beeinflussung der Körperstrafe vorgezogen (Weber 1996, S. 29, S. 133ff.).

Im Jahre 1628 klagte das Ehepaar Walter aus Alpirsbach (Baden-Württemberg) gegen den 50jährigen Weiberheld, Verschwender und Schuldenmacher Lorentz Khünin, der seit acht Jahren kinderlos verheiratet war, daß er ihre 12jährige Tochter Anna vergewaltigt habe. Das Kind erzählte, daß Lorentz Khünin es bei der Hand genommen und in die Kammer des Knechts geführt habe, es aufs Bett gelegt und das Werk der Unkeuschheit mit ihr habe pflegen wollen. Es sei noch fünfmal zu solchen Vorkommnissen gekommen.

Anna Walter wurde 1615 getauft, ihr Vater starb 1626 und ihre Mutter heiratete den Bartlin Walter. Anna und ihre Mutter zogen in das Haus des Stiefvaters. Anna galt als freches, frühreifes Mädchen und derart wunderliches Kind, daß man oft nicht wußte, ob sie bei rechten Verstandes sei.

Khünin leugnete anfangs alle Vorwürfe, schließlich erklärte er, das Mädchen selbst sei es gewesen, das ihn aufgereizt habe. Sie habe ihm nachgesetzt. Sie habe ihm Anleitung gegeben, sie anzufassen. Es sei aber nicht zum Geschlechtsverkehr gekommen, seiner Meinung nach sei sie noch Jungfrau. Einige ehrbare Frauen wurden mit der Untersuchung des Mädchens betraut. Sie stellten fest, daß das Mädchen seiner Jungfrauenschaft mit Gewalt beraubt worden war. Im Laufe des Prozesses kam es jedoch zu einem Umschwung und das Mädchen geriet in den Verdacht der Hexerei, da sie gegenüber dem Klosterverwalter Frechheiten, unzüchtige und ärgerliche Reden hielt. Anna gestand nach diesen Vorwürfen, daß sie tatsächlich mit dem bösen Geist zu tun gehabt habe. Dieser sei ihr in Gestalt eines Mannes mit Pluderhosen erschienen, habe ihr Geschenke versprochen und sie schließlich zu Fall gebracht. Wie ein Liebhaber habe er ihr eine Locke aus dem Kopf gerupft und gesagt, sie solle nicht mehr beten und morgens beim Aufstehen nicht mehr die Hände waschen. Das Mädchen behauptete nun, Lorentz Khünin sei nicht der erste Mann gewesen, der mit dem Mädchen geschlafen habe. Der erste wäre der Schmied Michael Hasenmayer gewesen, der zweite der Hirt Jacob. Dann behauptete sie, daß sie bereits seit vier Jahren mit dem Teufel schlafe, der ihr erster

Sexualpartner war. Diese Selbstbeschuldigungen waren gravierend. Da Anna weder Mensch noch Vieh Schaden zugefügt hatte, nur Unzucht mit dem Teufel trieb, wurde der Pfarrer beauftragt, Leib und Seele des Kindes zu retten und für Anna zu beten. Anna kam ins Spital, wo sie weiterhin behauptete, daß der Teufel sie besuche und mit ihr schlafe. Schließlich erklärte sie, ihre Mutter habe ihr das Hexenwerk beigebracht. Die Mutter habe sie, als sie noch sehr klein war, dem Teufel geschenkt. Als das Gericht nichts gegen die Mutter unternahm, wünschte sie, man möge ihr den Kopf abschlagen. Nachdem das Mädchen im Spital nach zwei Jahren keine Besserung zeigte, wurde sie in ein anderes Spital gebracht (Weber 1991, S. 50ff.).

Anna zeigt deutlich die Anzeichen eines Mädchens, daß durch sexuellen Mißbrauch ein sexualisiertes, provozierendes Verhalten äußert und auf diese Weise den Mißbrauch immer wieder im Sinne der Reinszenierung wiederholt und erleidet. Die Hexenbeschuldigung gab ihr die Möglichkeit, ihre Aggression der Mutter gegenüber, die sie nicht zu schützen vermochte, auszudrücken. Dem Mädchen gegenüber wurde, wie in den meisten Fällen, eine erhebliche Fürsorge zuteil. Erstaunlicherweise wurde der Mutter in diesem Fall nicht der Prozeß gemacht.

Elisabeth Widmar, ein neunjähriges Mädchen aus Sulz am Neckar, hatte einen Laib Brot gestohlen. Im Jahr 1626 wurde deshalb eine Untersuchung gegen sie eingeleitet. Man sperrte das Kind ins Narrenhäuslin. Das Mädchen erzählte nun Geschichten von einem »Schwarzen Mann« der zuerst als väterlicher Freund erschien, später zum Verführer wurde. Die Eltern Elisabeths waren in den Krieg gezogen und hatten ihre Kinder unterdessen zu einer Amme gegeben. In dieser Zeit bekamen sie statt Brot nur Heu zu essen. Elisabeth schlug sich mit Einbrüchen durch und stahl Kuchen, Käse, Butter, Brot und Fleisch. Vom Vater wurde sie in sehr rigider Weise christlich erzogen. Er schickte sie zum Gottesdienst und übte väterliche Zucht. Er schlug sie häufig, drohte, das Mädchen vollends totzuschlagen.

Aufgrund der Äußerungen über den Teufel kam es zu einem Prozeß, in dem Elisabeth den Teufel erst als Helfer, Tröster und Retter darstellte, der ihr Brot versprochen habe, dann als weißen Mann, den Verführer. Die Geschichten enthielten wiederum realistische Details. Der Mann habe ihr Schmerzen zugefügt. In der Scheune habe sich der weiße Mann zu ihr gelegt und das Werk der Unkeuschheit mit ihr verrichtet. Das habe dem Mädchen sehr weh getan, sie habe darüber weinen müssen.

Elisabeth fiel durch sexuelle Aktivität auf. Sie treibe es nicht nur mit dem Teufel, sondern sei bubensüchtig. Halbwüchsige Jungen liefen ihr hinterher, besuchten sie sogar im Gefängnis. Elisabeth behauptete nun, daß ihr Bruder sie zur Hexerei verführt habe. Dann wiederum beschuldigte sie ihre Geschwister und zahlreiche Männer und Frauen aus dem Ort, unter ihnen die Base Maria Haug.

Die Eltern wiesen eine Schuld an den Vorfällen ab. Ihre Tochter sei immer sehr wild gewesen, wollte niemals folgen. Nie habe sie sich betragen, wie man es von einem braven Kind erwarte. Erst als alles nichts fruchtete, wurde sie mit Ruten geschlagen. Als Elisabeth mit ihren Beschuldigungen fortfuhr, schrie der Vater sie an, sie sei eine Hexe und man solle sie verbrennen, sie sei nicht mehr sein Kind. Elisabeth wollte ebenfalls nicht zu Vater und Mutter zurückkehren, wollte lieber als Landstreicherin und Bettlerin ihr Leben fristen.

Inzwischen gestand die Base Maria Haug unter der Folter, was Elisabeth behauptete. Sie wurde 1626 enthauptet und verbrannt. Elisabeth weigerte sich weiterhin zu beten. Eines Tages versuchte sie sich mit ihrer Unterwäsche zu erwürgen. Sie unternahm mehrere Selbsttötungsversuche auf Geheiß des Teufels. Die Todesstrafe wurde für sie aber weiterhin abgelehnt, im Spital sollte sie intensivere christliche Betreuung und Erziehung erhalten und mit Rutenstreichen abgestraft werden. Der Pfarrer sprach sich für die Todesstrafe aus.

Nach der Hinrichtung der Base, die sie als Verführerin

beschuldigt hatte, denunzierte sie ihre eigene Mutter. Die Mutter sei es gewesen, die sie dem Teufel übergeben habe. Die Mutter sei es auch gewesen, die ihr das Teufelsmal verpaßt habe. Bei einem weiteren Selbstmordversuch erzählte sie beim Aufwachen aus der Bewußtlosigkeit, ihre Mutter habe sie besucht und habe sie töten wollen. Die Mutter war bereits einige Jahre zuvor, als sie unverheiratet war, der Hexerei verdächtigt worden. Elisabeth denunzierte zudem die Spitalmutter, die daraufhin in Haft genommen, ihre Anstellung verloren und am Ende die Kosten des Verfahrens tragen mußte. Insgesamt wurden von Elisabeth 24 Personen bezichtigt.

Elisabeth wurde erneut getauft. Endlich hörten die Nachstellungen des Teufels auf. 1628 galt sie als geheilt, sie wollte Gottesdienst und Schule besuchen. Die Gemeinde dankte Gott dem Herrn, daß es ihr gelungen war, das arme Mädchen aus den Klauen des bösen Feindes zu retten (Weber 1996, S. 137ff.).

Waren das Verhalten und die Beschuldigungen der Kinderzeugen Ausdruck ihrer Erfahrungen von Verwahrlosung und/oder sexuellem Mißbrauch, so fällt der enorme Eifer auf, mit dem man sich um diese Kinder kümmerte, sie der Sexualität, dem Teufel, zu entreißen suchte. Das Bild des Teufels lenkte aber auch von den Beschuldigungen gegen reale Verführer, meist Männer, ab, indem der Teufel, nicht der reale Verführer der Schuldige wurde. Die Mütter und Frauen, die man in diesen Prozessen als Hexen beschuldigte, wurden dagegen verbrannt.

Das achtjährige Waisenkind Marcel Lutz schlief 1665 im Bett mit seiner Base Margaretha. Alles deutete darauf hin, daß er den aktiven Part bei der Anbahnung erotischer Kontakte übernommen hatte. Gleichzeitig begehrte er ein anderes Mädchen. Als diese sein Begehren nicht erwiderte, denunzierte er sie als Hexe (Weber 1996, S. 169f.). Wahrscheinlich rettete ihr junges Alter ihr das Leben.

Selbstbestimmte Sexualität fürchtete man nur bei älteren Frauen, junge glaubte man noch retten zu können. Verbindet sich die Frau mit dem Teufel, gewinnt diese Macht über Sexualität. Bei den Befragungen der Hexen wurde genau nachgefragt, ob der Teufel nach dem Pakt mit der Angeklagten geschlafen habe, wie der Penis des Teufels und wie sein Same beschaffen sei, ob der Koitus mit dem Teufel bessere und größere Lust bereitet habe, ob der Teufel es mehrmals in der Nacht und unter Ausspritzung von Samen mit der Angeklagten getrieben habe, ob der Teufel den Koitus auf natürliche Weise ausgeübt habe, ob die Beschuldigte von mehreren Männern geschwängert worden wäre (Weber 1996, S. 150).

Der Teufel bot die Möglichkeit, die Schuld und Verantwortung für sexuelle Machtstrebungen, Aggressionen, Enttäuschungen und Vergewaltigungen über die Hexenbeschuldigungen auf die Frauen zu projizieren.

Die Heiligen

Im 14. und 15. Jahrhundert gab es eine Reihe von heiligen Frauen, deren Lebensgeschichten Gratwanderungen zwischen Verehrung als Heilige und Hexenbeschuldigung waren. Waren sie Heilige oder Hexen, die mit dem Teufel im Bund standen? Der Ruf einer Heiligen konnte sich schnell in eine Hexenbeschuldigung umwandeln.

Margery Kempe (ca. 1373-1439) lebte im frühen 15. Jahrhundert in England. Sie war mit einem Kaufmann verheiratet und hatte 14 Kinder. Sie war tiefreligiös und führte ein Pilgerleben, das sie unter anderem nach Italien, Norwegen und Deutschland brachte. Sie kleidete sich auf Gottes Geheiß in weiß, um ihre Jungfräulichkeit und ihre Verbindung als Braut Christi zum Ausdruck zu bringen, was eine gefährliche Provokation in der damaligen Zeit darstellte, da sie nicht mehr Jungfrau war. Nach der Geburt ihres ersten Kindes wurde sie ein halbes Jahr von Geistern gepeinigt und gequält. Doch der Herr rettete sie, indem er sie tröstete. Sie hatte Visionen, Prophezeiungen und glaubte an die mystische Vermählung. Sie zeigte die Gabe der Tränen. Diese manifestierte sich in Wein- und Schreikrämpfen, sie litt die Schmerzen des Erlösers und war bei der Kommunion so erregt, daß zwei Männer sie halten mußten.

Das Charisma der Tränengabe, die Fähigkeit aus Frömmigkeit zu weinen, unterlag in der katholischen Kirche der höchsten Wertschätzung. Die heftigen Weinanfälle warfen aber immer wieder die Frage auf, ob sie den Heiligen Geist oder den Teufel im Leib habe. In der Wallfahrtskirche zu Canterbury schlug die Stimmung der Mönche um, und sie wollten Margery als Ketzerin verbrennen lassen. Ähnlich erging es ihr in Leicester, wo sie angeklagt werden sollte. In York wurde sie in den Kerker geworfen, wo sie aber erneut von vielen Laien in Schutz genommen wurde. Vom Erzbischof wurde sie als Besessene betrachtet. Die Reaktionen waren jedesmal gespalten: sie hatte Fürsprecher und erbitterte Gegner (Dinzelbacher 1995, S. 15ff.).

Colomba von Rieti (1467-1503) lebte seit 1488 in Perugia (Italien) und zeigte alle üblichen Phänomene der lebenden Heiligen: Ekstasen, Prophezeiungen, Wunderheilungen und ganz besonders die Nahrungslosigkeit. Sie beichtete und betete jeden Tag in der Kirche, wo sie fast wie die Gottesmutter verehrt wurde. Als die Pest 1494 sich der Stadt näherte, wurde sie um Rettung gebeten. Sie ordnete Bußprozessionen an. Sie heilte Kranke zu Hunderten durch einfache Berührung oder mit dem Öl ihrer Lampe, um dann selbst angesteckt zu werden. Sie wiederum wurde durch Erscheinungen geheilt. Eine jährliche Prozession ihr zu Ehren wurde schon zu ihren Lebzeiten angeordnet. Sie hatte aber auch zahlreiche Gegner, die sie als Ketzerin verbrennen wollten. Sie bestand aber alle Prüfungen und medizinischen Untersuchungen in bezug auf ihre Nahrungslosigkeit (Dinzelbacher 1995, S. 28ff.).

Eustochio von Padua (1444-1469) war ein ungewolltes und unglückliches Kind, die Frucht des Ehebruchs eines verheirateten Mannes mit einer Nonne. Im Kloster geboren, wurde sie von ihrer Mutter weggegeben und wuchs im

Haus des Vaters mit einer feindseligen Stiefmutter auf. Ihr Vater fürchtete, als Folge seiner Härte und Strenge, von Eustochio vergiftet zu werden. Er schob sie in das Kloster ab, in dem sie zur Welt gekommen war. Sie galt schon als Kind als besessen. Sie erzählte, sie werde vom Teufel durch die Luft getragen, war unfolgsam, und alle Exorzismen fruchteten nicht, genausowenig wie die brutalen Züchtigungen der Stiefmutter.

Im Kloster zeigte sie Konvulsionen, verdrehte die Augen, sträubte die Haare, fletschte mit den Zähnen, stieß gellende Schreie aus, das Gesicht lief in allerlei Farben an, und sie wandt sich wie eine Schlange, um plötzlich wie ein Federball in die Höhe zu schnellen. Mit einem Messer stürzte sie sich auf die Mitschwestern, bewarf den Beichtvater mit einem Stein und verfiel anschließend in eine Starre. Qualvolle Konvulsionen wechselten mit Momenten, in denen sie Gott für die ihr gesandten Leiden dankte. Der Beichtvater hielt Eustochio für unschuldig, ihr Verhalten sei zwar vom bösen Geist verursacht, sie zeige aber immer wieder Phasen vorbildlicher Demut und devoter Lebensführung.

Als die Äbtissin des Klosters erkrankte, versuchte man Eustochio als Hexe den Prozeß zu machen. Sie wurde in den Kerker geworfen. Das Volk drängte sich zum Kloster und forderte, die Hexe ohne Prozeß lebend in die Flammen zu werfen. Als ihr Beichtvater sich für sie einsetzte, geriet auch er in den Verdacht der Hexerei. Er erhielt die Bewilligung, mit ihr zu sprechen und sie bekannte sich als Zauberin schuldig, sie sei von früheren Nonnen angelernt worden. Dann widerrief sie ihre Beschuldigungen. Die Genesung der Äbtissin rettete ihr möglicherweise das Leben. Sie wollte trotz der Vorkommnisse das Kloster nicht verlassen. Sie beharrte auf ihrem Märtyrium. Ihre Qualen seien nur die Liebeszeichen des himmlischen Bräutigams, und in der Nachfolge Christi müsse sie ihren Weg zum Himmel auf Dornen gehen. Ihre Anfälle verstärkten sich, sie erschien blau geschlagen, blutete aus Geißel- und Schnittwunden, mußte Wasser mit widerlichen Zutaten schlucken und erbrach Blut. Der Dämon entkleidete sie und versuchte, ihr den Hals umzudrehen.

Nachdem sie 1465 ihr Ordensgelübde ablegen durfte, schienen sich die Symptome zu bessern, und sie geriet durch die Demut, mit der sie alles Leiden ertrug, mehr und mehr in den Ruf der Heiligkeit. Durch den täglichen Blutverlust geschwächt, starb sie 1469. Sie wurde im 18. Jahrhundert von Papst Clemens XIII. selig gesprochen (Dinzelbacher 1995, S. 35ff.).

Im 17. Jahrhundert wurden zunehmend Heilige, die sich vor allem auf das typische Charisma der Nahrungslosigkeit beriefen, als Schwindlerinnen entlarvt. Anna Laminit (Laminit = die nicht ißt) galt im 16. Jahrhundert in Augsburg als lebende Heilige. Sie kleidete sich in einem Bußhemd und erschien nie anders als in schwarz gekleidet. Sie hatte göttliche Offenbarungen, Visionen und Erscheinungen von Engeln. 1503 wurde auf ihre Weisung hin in Augsburg der größte Umzug mit Jungfrauen in schwarzen Bußgewändern und brennenden Kerzen abgehalten.

Ihr Ruf als Heilige war nicht beeinträchtigt durch die Tatsache, daß sie in jungen Jahren eher einem gottlosen Leben erlegen war. Sie hatte wegen Kuppelei und anderer Bübereien am Pranger gestanden und war mit Ruten aus der Stadt gejagt worden. Sie hatte zwei nichteheliche Söhne. Die Heiligkeit dieser Frau wurde mit der völligen Nahrungslosigkeit begründet. Seit 1498 konnte sie angeblich keine Speisen essen, noch nicht einmal die Hostie zu sich nehmen. Sie behauptete, seit 14 Jahren keinen Stuhlgang gehabt zu haben. Doch es regte sich das Mißtrauen, und sie wurde 1512 entlarvt, als man sie heimlich durch ein Loch in einem Gästezimmer der Herzogin, wohin man sie gebracht hatte, beim Essen beobachtete. Sie wurde aus der Stadt verbannt. Sie heiratete erneut und wurde nach dem Tod ihres Mannes wegen verschiedenster, weltlicher Betrügereien angeklagt und ertränkt (Dinzelbacher 1995, S. 79ff.).

Der Ruf einer Heiligen konnte sich also schnell in den einer Hexe wandeln. Die Heiligen sind geprägt vom Bemühen, die Aggression und Triebhaftigkeit in ihnen abzuwehren. Margery hatte 14 Kinder und wollte Jungfrau sein, Anna Laminit war eine Kupplerin. Aufgrund dieses Abwehrkampfes wurden sie verehrt und in der Regel nicht als Hexe verbrannt, sondern wie die Besessenen umsorgt.

Gibt die Frau den Kampf gegen Sexualität durch göttliche Unterwerfung auf, besteht sie auf eigenständiger Triebbefriedigung, so erscheint das Bild der Hexe als eine Verkehrung ins Gegenteil. Wenn Frauen nicht weinen können, ist es Zeichen einer Hexe, im Gegensatz zum Charisma der Tränengabe. Hexen schänden Hostien, Heilige leben von ihnen. Dem Teufelsbund entspricht die Braut Christi. Auf der einen Seite haben wir Christuserscheinungen, auf der anderen Seite Teufelserscheinungen. Bei den Bräuten Christi gibt es göttliche Graviditäten und das Gottesverlöbnis, bei den Hexen den Teufelspakt und Wechselbälger. Die Stigmata der Wunden Christi am Körper der Heiligen entsprechen dem Hexenmal. Die Wunden Christi (Hand- und Fußmale, Dornenkranzabdruck) bluten, die der Hexen nicht. Die Leiden der Heiligen stehen im Gegensatz zum Sabbat-Fest bei der Teufelsverehrung. Es stehen Weissagungen versus geheimes Wissen, Schadenzauber versus Krankenheilung, Wunder versus Hexenwerke. Beide verfügen über ein ungewöhnliches Sexualleben: Keuschheit versus Ausschweifung. Die Heilige ist jung, die Hexe alt.

Gewöhnlich begannen die lebenden Heiligen in der Adoleszenz ihre Nahrungsaufnahme einzuschränken, bis sie nur noch von Wasser und Brot oder vom Kauen von Gewürzen lebten. Sie wurden von der Familie und von Beichtvätern gedrängt, sich nicht völlig der Nahrung zu enthalten. Viele behaupteten, von der bei der Kommunion empfangenen Hostie zu leben, die sie regelmäßig und häufiger als andere empfingen. Sie stützten sich auf das Dogma, der Körper Christi sei in der Hostie physisch präsent, dem sie selbst wiederum Glaubwürdigkeit verliehen. Meist wurden die Mädchen von der Mutter sehr religiös erzogen. Zwischen elf und sechzehn Jahren sollten sie meist verheiratet werden. Sie rebellierten, legten Keuschheitsgelübde ab und gingen meist ins Kloster.

Die Nahrungsaufnahme war nur einer der Bereiche, den sie mit der Askese zu bezwingen suchten. Isolation, Schlafentzug und andere exzessive Selbstgeißelungen zeichneten ihr Leben. Sie wurden vom Volk aufgrund der übernatürlichen, mystischen Fähigkeiten verehrt, allen voran die Nahrungslosigkeit. Ekstasen, Visionen, Stigmata, Selbstkasteiung (sie aßen Würmer und tranken Wundsäfte Kranker), prophetische Gabe und heftige Kämpfe mit dem Teufel, aus denen sie immer wieder als Siegerin hervorgingen, brachten sie Gott näher. Sie bezwangen mit dem Fasten auch ihre sexuellen Bedürfnisse. Mit der Askese im Kloster konnten sie der Verheiratung und Sexualität entgehen. Die Unterwerfung, das Selbstopfer, diente aber auch der Teilhabe an der göttlichen Allmacht. Selbstzerstörung war auch Selbstbehauptung.

Im 17. Jahrhundert geriet das spätmittelalterliche Modell der Heiligkeit in den Verdacht der Häresie. Sie konnten mit ihrem Anspruch auf Vereinigung mit Gott und der Außerachtlassung der Kirche als Mittlerin zwischen den Gläubigen und Gott in die Nähe der laienreligiösen Gemeinschaften geraten (Habermas 1990, S. 40ff.)

Ist das Heiligenbild historisch ein Vorläufer des Hexenbildes, die Hexe eine Verkehrung ins Gegenteil, so drückt sich im Hexenbild ein Drang nach Autonomie, nach Selbstbestimmung und Sexualität der Frauen aus. Wenden die Heiligen ihre Aggression aufgrund ihrer teilweise traumatischen Kindheitserfahrungen in der Selbstgeißelung gegen sich selbst, suchen die Besessenen neben der Wendung gegen die eigene Person in den Symptomen der Besessenheit zudem im Exorzismus die Unterstützung durch die kirchlichen Autoritäten, so muß man bei den Hexen, die sich nicht unterwerfen, deren Aggression fürchten. Im Übergang von der göttlichen Unterwerfung zur selbstbestimmten Triebkontrolle und dem individuellem Über-Ich, entstanden Schuldgefühle und Verfolgungsängste, die auf dem Weg der projektiven Identifizierung aus realen Frauen Hexen machten.

Schluß: Hexen heute?

Nach Kohut (1975, S. 225) ist Aggression dann am gefährlichsten, die Zerstörungsgewalt am grauenhaftesten, wenn sie an archaische, allmächtige Selbst- und Objektimagines geknüpft ist. Der Hexenwahn ist hierfür ein erschreckendes Beispiel.

In der frühen Neuzeit war die Hexe das Bild der versagenden, individuelle Autonomie bestrafenden, ihre Triebhaftigkeit nicht unterdrückenden bösen Mutter-Imago, das im Laufe der Hexenbeschuldigung auf Frauen projiziert wurde. Das Hexenbild der Frauenbewegung der 70er Jahre war interessanterweise die Imago der guten Mutter, der weisen, kräuterkundigen Ärztin des Volkes, die zudem die Sexualität und Aggression ins Selbst integriert hatte: »Zittert, zittert, die Hexen sind wieder da«, war der Slogan der damaligen Zeit. Die Hexe wurde zum idealisierten Selbstbild der Frauen. Sie war das Gegenbild der unterdrückten, die Aggression in Schuldgefühlen gegen sich wendenden Frau. Die Identifikation mit dem Hexenbild half, Aggression und Sexualität nach außen zu wenden und förderte so die psychische Entwicklung der Frauen.

Die magisch überhöhten Gegen-Bilder kulturell erwünschter weiblicher Unterdrückung leiten wichtige psychische Entwicklungsschritte ein. In der frühen Neuzeit diente das Hexenbild der Entthronung der Mutter Gottes, es diente somit der Ablösung von externalen Über-Ich-Vorläufern und förderte die Individualisierung sowie die Ich- und Über-Ich-Entwicklung. Das Hexenbild hat als Imagination nur eine psychische Funktion, es ist keine historische Realität.

Das Gefährliche am Hexenbild ist und bleibt die Projektion auf reale Frauen. Gibt es solche Projektionen heute noch? Ich glaubte, dies leichterhand mit »nein« beantworten zu können, bis ich den »Mobbing«-Prozeß gegen eine Frau in einem rein männlichen Führungsgremium der Wirtschaft erleben konnte. Auch hier war der Motor das schlechte Gewissen, da man der Frau zuvor die ihr zustehenden Machtbereiche verweigerte. Nach diesem Erlebnis änderte sich mein Blick auf die Hexenverfolgung. Hatte es doch mehr zu bedeuten, daß 80% der Ankläger Männer waren, als nur die Schlechterstellung der Frauen vor Gericht?

Ist die in der Vorstellung bestehende Macht der phallischen, ihre Autonomie und Sexualität betonenden Frau, die mit Männern erfolgreich konkurriert, eine so große Bedrohung in der männlichen Entwicklung, weil für den Mann das orale und ödipale Objekt das gleiche und damit übermächtige Objekt ist? So einfach scheint es wiederum nicht zu sei, denn es gibt genügend Kulturen, in denen machtvolle Frauen keine Angst erzeugen (Heinemann 1995; 1997). Dort haben die Frauen allerdings nicht nur in der Vorstellung, sondern auch reale Macht.

»Wir hören oft von den sehr scharf empfundenen Versagungen, die die äußere Realität Menschen auferlegt, aber weniger oft von der Erleichterung und Befriedigung, die sie zu bieten hat. Im Vergleich zur imaginären Milch ist die wirkliche Milch befriedigend, aber darauf kommt es nicht an. Es kommt darauf an, daß in der Phantasie die Dinge durch Zauber bewirkt werden: Die Phantasie kennt keine Bremsen, und Liebe und Haß rufen beunruhigende Wirkungen hervor. Die äußere Realität hat eingebaute Bremsen; man kann sie untersuchen und kennenlernen, und die Phantasie ist in ihrer vollen Stärke wirklich nur zu ertragen, wenn die objektive Realität richtig eingeschätzt wird. Das

Subjektive ist ungeheuer wertvoll, aber so beunruhigend und magisch, daß man es nur als Parallele zum Objektiven genießen kann« (Winnicott 1976, S. 69).

Um nicht Opfer der phantasierten Macht sich rächender Imagines zu werden, wird Frauen auch in Zukunft nichts anderes übrig bleiben als reale Macht zu erlangen.

Literatur

Ahrendt-Schulte, I. (1994): Weise Frauen – böse Weiber. Die Geschichte der Hexen in der Frühen Neuzeit, Freiburg

Ahrendt-Schulte, I. (1995): Schadenzauber und Konflikte. In: Opitz, C. (Hg.), Der Hexenstreit. Frauen in der frühneuzeitlichen Hexenverfolgung, Freiburg

Appel, H. (1937): Die Wechselbalgsage, Berlin

Aries, Ph. (1975): Geschichte der Kindheit, München

Aries, Ph. (1976): Studien zur Geschichte des Todes im Abendland, München

Arnold, K. (1980): Kind und Gesellschaft in Mittelalter und Renaissance, Paderborn

Attali, J. (1981): Die kannibalische Ordnung, Frankfurt a. M.

Badinter, E. (1984): Die Mutterliebe, Geschichte eines Gefühls vom 17. Jahrhundert bis heute, München

Barajo, J. C. (1967): Die Hexen und ihre Welt, Stuttgart

Baschwitz, K. (1990): Hexen und Hexenprozesse. Die Geschichte eines Massenwahns und seiner Bekämpfung, München

Bataille, G. (1983): Gilles de Rais, Hamburg

Bayne-Powell, R. (1939): The English Child In The 18th Century, London

Becker, G. u.a. (1977): Zum kulturellen Bild und zur realen Situation der Frau im Mittelalter und in der frühen Neuzeit. In: Bekker, G. u.a. (Hg.), Aus der Zeit der Verzweiflung. Zur Genese und Aktualität des Hexenbildes, Frankfurt a. M.

Beekman, D. (1977): The Mechanical Baby, A Popular History Of The Theory And Practice Of Child Raising, Westport

Behringer, W. (1987a): Vom Unkraut unter dem Weizen, Die Stellung der Kirchen zum Hexenproblem. In: Dülmen, R.v. (Hg.), Hexenwelten, Magie und Imagination, Fankfurt a.M.

Behringer, W. (1987b): Erhob sich das ganze Land zu ihrer Ausrottung …, Hexenprozesse und Hexenverfolgungen in Europa. In: Dülmen, R.v. (Hg.), Hexenwelten, Magie und Imagination, Frankfurt a. M.

Behringer, W. (1987c): Hexenverfolgung in Bayern. Volksmagie, Glaubenseifer und Staatsräson in der Frühen Neuzeit, München

Behringer, W. (1988): Mit dem Feuer vom Leben zum Tod. Hexengesetzgebung in Bayern, München

Beissel, S. (1972): Geschichte der Verehrung Marias in Deutschland während des Mittelalters, Darmstadt

Biedermann, H. (1974): Hexen. Auf den Spuren eines Phänomens, Graz

Bigras, J. (1975): Gute Mutter – Böse Mutter. Das Bild des Kindes von der Mutter, München

Bittner, G. (1972): Bemerkungen zu S. Freuds »Teufelsneurose«, Psyche 26:20ff.

Bloch, D. (1978): »So The Witch Won't Eat Me«. Fantasy And The Child's Fear Of Infanticide, Boston

Borst, A. (1979): Lebensformen im Mittelalter, Frankfurt a. M.

Bovenschen, S. (1977): Die aktuelle Hexe, die historische Hexe und der Hexenmythos. Die Hexe: Subjekt der Naturaneignung und Objekt der Naturbeherrschung. In: Becker, G. u.a. (Hg.), Aus der Zeit der Verzweiflung. Zur Genese und Aktualität des Hexenbildes Frankfurt a. M.

Brackert, H. (1977a): Unglückliche, was hast du gehofft? Zu den Hexenbüchern des 15. bis 17. Jahrhunderts. In: Becker, G. u.a. (Hg.), Aus der Zeit der Verzweiflung. Zur Genese und Aktualität des Hexenbildes, Frankfurt a. M.

Brackert, H. (1977b): Daten und Materialien zur Hexenverfolgung. In: Becker, G. u.a. (Hg.), Aus der Zeit der Verzweiflung. Zur Genese und Aktualität des Hexenbildes, Frankfurt a. M.

Brenner, I.; Morgenthal, G. (1977): Sinnlicher Widerstand während der Ketzer- und Hexenverfolgungen. Materialien und Interpretationen. In: Becker, G. u.a. (Hg.), Aus der Zeit der Verzweiflung. Zur Genese und Aktualität des Hexenbildes, Frankfurt a. M.

Bulst, N. u.a. (1981): Familie zwischen Tradition und Moderne, Göttingen

Cleugh, J. (1963): Love Locked Out: An Examination Of Sexuality During The Middle Ages, New York

Cohn, N. (1975): Europe's Inner Demons. An Enquiry Inspired By The Great Witch-Hunt, New York

Collis, L. (1964): Memoirs Of A Medieval Woman. The Life And Times Of Margery Kempe, New York
Decker, R. (1994): Die Hexen und ihre Henker. Ein Fallbericht, Freiburg
DeMause, L. (1982): Evolution und Kindheit. In: ders. (Hg.), Hört ihr die Kinder weinen? Eine psychogenetische Geschichte der Kindheit, Frankfurt a. M.
Despert, J. L. (1970): The Emotionally Disturbed Child – Then And Now, New York
Diepgen, P. (1963): Frau und Frauenheilkunde in der Kultur des Mittelalters, Stuttgart
Dinzelbacher, P. (1995): Heilige oder Hexen? Schicksale auffälliger Frauen in Mittelalter und Frühneuzeit, Zürich
Dinzelbacher, P. (1996): Angst im Mittelalter. Teufels-, Todes- und Gotteserfahrung: Mentalitätsgeschichte und Ikonographie, Paderborn
Dölger, F. J. (1909): Der Exorzismus, Paderborn
Dölger, F. J. (1932): Teufels Großmutter, Antike und Christentum Bd. III, Münster
Dornes, M. (1993): Der kompetente Säugling. Die präverbale Entwicklung des Menschen, Frankfurt a. M.
Dornes, M. (1997): Die frühe Kindheit. Entwicklungspsychologie der ersten Lebensjahre, Frankfurt a. M.
Duby, G. (1977): Krieger und Bauern. Die Entwicklung von Wirtschaft und Gesellschaft im frühen Mittelalter, Frankfurt a. M.
Dülmen, R. v. (1982): Entstehung des frühneuzeitlichen Europa 1550-1648, Fischer Weltgeschichte Bd. 24, Frankfurt a. M.
Dülmen, R. v. (1987): Imaginationen des Teuflischen. In: ders. (Hg.), Hexenwelten. Magie und Imagination, Frankfurt a. M.
Dülmen, R. v. (1991): Frauen vor Gericht. Kindsmord in der Frühen Neuzeit, Frankfurt a. M.
Duerr, H. P. (1979): Traumzeit, Frankfurt a. M.
Ehrenreich, B.; English, D. (1975): Hexen, Hebammen und Krankenschwestern, München
Elias, N. (1969): Die höfische Gesellschaft, Darmstadt
Elias, N. (1976): Über den Prozeß der Zivilisation, 2 Bände, Frankfurt a. M.
Erdheim, M. (1984): Die gesellschaftliche Produktion von Unbewußtheit, Frankfurt a. M.
Erdheim, M. (1987): Hexenwahn, Kulturzerstörung und gesellschaftliche Produktion von Unbewußtheit. In: Belgrad, J. u. a. (Hg.), Zur Idee einer psychoanalytischen Sozialforschung, Frankfurt a. M.
Erikson, E. H. (1975): Der junge Mann Luther, Frankfurt a. M.

Ernst, C. (1972): Teufelsaustreibungen, Bern
Feilchenfeld, A. (1980): Denkwürdigkeiten der Glückel von Hameln, Königstein
Forbes, T. R. (1966): The Midwife And The Witch, New Haven
Freud, S.; Breuer, J. (1895): Studien über Hysterie, GW Bd. I, Frankfurt a. M. 1967
Freud, S. (1905): Bruchstücke einer Hysterie-Analyse, GW Bd. V
Freud, S. (1907): Zwangshandlung und Religionsübung, GW Bd. VII
Freud, S. (1908): Hysterische Phantasien und ihre Beziehung zur Bisexualität, GW Bd. VII
Freud, S. (1912): Totem und Tabu, GW Bd. IX
Freud, S. (1921): Massenpsychologie und Ich-Analyse, GW Bd. XIII
Freud, S. (1923a): Das Ich und das Es, GW Bd. XIII
Freud, S. (1923b): Eine Teufelsneurose im siebzehnten Jahrhundert, GW Bd. XIII
Freud, S. (1924a): Das ökonomische Problem des Masochismus, GW Bd. XIII
Freud, S. (1924b): Der Untergang des Ödipuskomplexes, GW Bd. XIII
Freud, S. (1927): Die Zukunft einer Illusion, GW Bd. XIV
Freud, S. (1930): Das Unbehagen in der Kultur, GW Bd. XIV
Freud, S. (1938): Der Mann Moses und die monotheistische Kultur, GW Bd. XVI
Gelis, J. u.a. (1980): Der Weg ins Leben, Geburt und Kindheit in früherer Zeit, München
Ginzburg, C. (1990): Hexensabbat. Entzifferung einer nächtlichen Geschichte, Berlin
Graf, A. (1936): Naturgeschichte des Teufels, Jena
Graichen, G. (1986): Die neuen Hexen, Gespräche mit Hexen, Hamburg
Gray, G. Z. (1972): The Childrens Crusade, New York
Grigulevič, J. R. (1976): Ketzer-Hexen-Inquisitoren (13.-20. Jahrhundert), 2 Bände, Berlin
Hässlin, J. J. (1961): Das Buch Weinsberg, Stuttgart
Habermas, T. (1990): Heißhunger. Historische Bedingungen der Bulimia nervosa, Frankfurt a. M.
Haffter, C. (1968): The Changeling: History And Psychodynamics Of Attitudes To Handicapped Children In European Folklore, Journal Of The History Of The Behavioral Sciences 4:55ff.
Haining, P. (1977): Hexen, Oldenburg
Hammes, M. (1977): Hexenwahn und Hexenprozesse, Frankfurt a. M.

Hansen, J. (1963): Quellen und Untersuchungen zur Geschichte des Hexenwahns und der Hexenverfolgungen im Mittelalter, Hildesheim

Hansen, J. (1964): Zauberwahn, Inquisition und Hexenprozeß im Mittelalter und die Entstehung der großen Hexenverfolgung, Aalen

Hasler, E. (1982): Anna Göldin, letzte Hexe, Zürich

Haustein, J. (1990): Martin Luthers Stellung zum Zauber- und Hexenwesen, Münchener Kirchenhistorische Studien Bd. 2, Stuttgart

Haynal, A. (1975): Freud und Piaget, Psyche 29:242ff.

Heinemann, E. u.a. (1992): Gewalttätige Kinder. Psychoanalyse und Pädagogik in Schule, Heim und Therapie, Frankfurt a. M.

Heinemann, E. (1995): Die Frauen von Palau. Zur Ethnoanalyse einer mutterrechtlichen Kultur, Frankfurt a. M.

Heinemann, E. (1996): Aggression verstehen und bewältigen, Heidelberg

Heinemann, E. (1997): Das Erbe der Sklaverei. Eine ethnopsychoanalytische Studie in Jamaika, Frankfurt a. M.

Heinsohn, G.; Steiger, O. (1987): Warum mußte das Speculum zweimal erfunden werden? Kritische Justiz H. 2:200ff.

Heinsohn, G. u.a. (1979): Menschenproduktion, Allgemeine Bevölkerungslehre der Neuzeit, Frankfurt a. M.

Honegger, C. (1977): Die Hexen der Neuzeit. Analysen zur anderen Seite der okzidentalen Rationalisierung. In: dies. (Hg.), Die Hexen der Neuzeit. Studien zur Sozialgeschichte eines kulturellen Deutungsmusters, Frankfurt a. M.

Hunt, D. (1970): Parents and Children in History, New York

Illick, J. E. (1982): Kindererziehung in England und Amerika im siebzehnten Jahrhundert. In: DeMause, L. (Hg.), Hört ihr die Kinder weinen? Eine psychogenetische Geschichte der Kindheit, Frankfurt a. M.

Irsigler, F.; Lasotta, A. (1989): Bettler und Gaukler, Dirnen und Henker. Außenseiter in einer mittelalterlichen Stadt Köln 1300-1600, München

Jacobson, E. (1973): Das Selbst und die Welt der Objekte, Frankfurt a. M.

Jerouschek, G. (1986): Des Rätsels Lösung? Zur Deutung der Hexenprozesse als staatsterroristische Bevölkerungspolitik, Kritische Justiz H. 4:443ff.

Johansen, E. (1978): Betrogene Kinder, Frankfurt a. M.

Jones, E. (1912): Der Alptraum in seiner Beziehung zu gewissen Formen des mittelalterlichen Aberglaubens, Leipzig

Jones, E. (1972): Eine psychoanalytische Studie über den Heiligen Geist. In: Spiegel, Y. (Hg.), Psychoanalytische Interpretationen biblischer Texte, München
Kaiser, G. (1982): Der tanzende Tod, Frankfurt a. M.
Kellum, B. A. (1974): Infanticide In England In The Later Middle Ages, History of Childhood Quarterly 1:367ff.
Kernberg, O. F. (1978): Borderline-Störungen und pathologischer Narzißmus, Frankfurt a. M.
Kernberg, O. F. (1981): Objekt-Beziehungen und Praxis der Psychoanalyse, Stuttgart
Klein, M. (1972): Das Seelenleben des Kleinkindes und andere Beiträge zur Psychoanalyse, Reinbek bei Hamburg
Kohut, H. (1975): Die Zukunft der Psychoanalyse, Frankfurt a. M.
Kuczynsky, J. (1980): Geschichte des Alltags des deutschen Volkes, Studien 1, 1600-1650, Köln
Kunze, M. (1982): Die Straße ins Feuer, München
Labovie, E. (1987): Hexenspuk und Hexenabwehr. In: Dülmen, R.v. (Hg.), Hexenwelten, Frankfurt a. M.
Labovie, E. (1991), Zauberei und Hexenwerk. Ländlicher Hexenglaube in der Frühen Neuzeit, Frankfurt a. M.
Langer, W. L. (1974): Infanticide. A Historical Survey, History of Childhood Quarterly 1:353ff.
Lea, H. Ch. (1913): Geschichte der Inquisition im Mittelalter, 3 Bände, Bonn
Lea, H. Ch. (1957): Materials Toward A History Of Witchcraft, 3 Bände, New York
Leber, A. (1983): Terror, Teufel und primäre Erfahrung. In: ders. (Hg.), Reproduktionen der frühen Erfahrung, Frankfurt a. M.
Leibbrand, W.; Wettley, A. (1961): Der Wahnsinn, Geschichte der abendländischen Psychopathologie, Freiburg
Leibbrand, W.; Wettley, A. (1967): Vorläufige Revision des historischen Hexenbegriffs. In: ders. Wahrheit und Verkündung, Bd. 1, 819ff., München
Lesage, A.-R. (1983): Der hinkende Teufel, Leipzig
Lever, M. (1983): Zepter und Narrenkappe. Geschichte des Hofnarren, München
Lorenz, S.; Bauer, D. R. (Hg.) (1995), Hexenverfolgung. Beiträge zur Forschung – unter besonderer Berücksichtigung des südwestdeutschen Raumes, Würzburg
Lowenfeld, H. (1967): Über den Niedergang des Teufelsglaubens und seine Folgen für die Massenpsychologie, Psyche 21:513ff.
Mahler, M. S. (1975): Die Bedeutung des Loslösungs- und Individuationsprozesses für die Beurteilung von Borderline-Phänomenen, Psyche 29:1078ff.

Marvick, E. W. (1982): Natur und Kultur: Trends und Normen der Kindererziehung in Frankreich im 17. Jahrhundert. In: DeMause, L. (Hg.), Hört ihr die Kinder weinen? Eine psychogenetische Geschichte der Kindheit, Frankfurt a. M.
Mayer, A. (1936): Erdmutter und Hexe, München
McLaughlin, M. M. (1982): Überlebende und Stellvertreter: Kinder und Eltern zwischen dem neunten und dreizehnten Jahrhundert. In: DeMause, L. (Hg.), Hört ihr die Kinder weinen? Eine psychogenetische Geschichte der Kindheit, Frankfurt a. M.
McNeill, W. H. (1979): Plagues And Peoples, New York
Meyer, H. (1983): Geistigbehindertenpädagogik. In: Solarova, S. (Hg.), Geschichte der Sonderpädagogik, Stuttgart
Michelet, J. (1974): Die Hexe, München
Mitterauer, M. (1983): Ledige Mütter. Zur Geschichte unehelicher Geburten in Europa, München
Moeller, B. (1977): Deutschland im Zeitalter der Reformation, Göttingen
Mollat, M. (1984): Die Armen im Mittelalter, München
Murray, M. (1921): The Witch-Cult In Western Europe, A Study In Anthropology, London
Murray, M. (1931): The God Of The Witches, London
Nyssen, F. (1984): Die Geschichte der Kindheit bei L. deMause. Quellendiskussion, Frankfurt/Bern/New York
Ogden, Th. H. (1988): Die projektive Identifikation, Forum der Psychoanalyse H. 4:1ff.
Oorschot, T. G. M. van (Hg.) (1993): Friedrich Spee (1591-1635), Bielefeld
Opitz, C. (Hg.) (1995): Der Hexenstreit. Frauen in der frühneuzeitlichen Hexenverfolgung, Freiburg
Ozment, S. (1983): The Family In Reformation Germany: The Bearing And Rearing Of Children, Journal of Family History 8, No. 2:159ff.
Paine, L. (1971): Witches In Faith And Fantasies, London
Pearson, L. E. (1957): Elisabethans At Home, Stanford
Pfister, O. (1944): Das Christentum und die Angst. Eine religionspsycholgische, historische und religionshygienische Untersuchung, Zürich
Pfister, O. (1947): Calvins Eingreifen in die Hexer- und Hexenprozesse von Peney 1545 nach seiner Bedeutung für Geschichte und Gegenwart: ein kritischer Beitrag zur Charakterisierung Calvins und zur gegenwärtigen Calvinrenaissance, Zürich
Piaschewski, G. (1935): Der Wechselbalg, Breslau
Piers, M. W. (1976): Kindermord – ein historischer Rückblick, Psyche 30, H. 5:418ff.

Pollock, L. A. (1983): Forgotten Children – Parent-Child Relations from 1500-1900, Cambridge
Praetorius, N. (1983): Ein homosexueller Ritter des 15. Jahrhunderts. In: Hirschfeld, M.; Schmidt, W. J. (Hg.), Jahrbuch für sexuelle Zwischenstufen, Frankfurt a. M.
Priskil, P. (1983): Mit Feuer das Gelüst legen. Zur Psychoanalyse der Hexenverfolgung, System ubw 1:10ff.
Reliquet, Ph. (1984): Ritter, Tod und Teufel: Gilles de Rais oder die Magie des Bösen, Zürich
Riche, P. (1981): Die Welt der Karolinger, Stuttgart
Richter, H. E. (1979): Der Gotteskomplex, Hamburg
Rohde-Dachser, Ch. (1979): Das Borderline-Syndrom, Psyche 36:481ff.
Romano, R.; Tenenti, A. (1967): Die Grundlegung der modernen Welt, Spätmittelalter, Renaissance, Reformation, Fischer Weltgeschichte Bd. 12, Frankfurt a. M.
Roskoff, G. (1967): Geschichte des Teufels, Aalen
Ross, J. B. (1982): Das Bürgerkind in den italienischen Stadtkulturen zwischen dem 14. und dem frühen 16. Jahrhundert. In: DeMause, L. (Hg.), Hört ihr die Kinder weinen? Eine psychogenetische Geschichte der Kindheit, Frankfurt a. M.
Rueb, F. (1995): Hexenbrände. Die Schweizergeschichte des Teufelswahns, Zürich
Russell, J. B. (1977): The Devil, New York
Russell, J. B. (1979): Hexerei und Geist des Mittelalters. In: Honegger, C. (Hg.), Die Hexen der Neuzeit, Studien zur Sozialgeschichte eines kulturellen Deutungsmusters, Frankfurt a. M.
Russell, J. B. (1980): A History Of Witchcraft, London
Schild, W. (1980): Alte Gerichtsbarkeit. Vom Gottesurteil bis zum Beginn der mordernen Rechtssprechung, München
Schivelbusch, W. (1980): Das Paradies, der Geschmack und die Vernunft, München/Wien
Schormann, G. (1981): Hexenprozesse in Deutschland, Göttingen
Schormann, G. (1991), Der Krieg gegen die Hexen, Göttingen
Schriftenreihe des mittelalterlichen Kriminalmuseums Rothenburg ob der Tauber (1984): Justiz in alter Zeit, Bd. VI, Rothenburg ob der Tauber
Schumacher, J. (1937): Die seelischen Volkskrankheiten im deutschen Mittelalter, Berlin
Schwaiger, G. (Hg.) (1987): Teufelsglaube und Hexenprozesse, München
Sebald, H. (1996): Hexenkinder. Das Märchen von der kindlichen Aufrichtigkeit, Frankfurt a. M.

Segl, P. (Hg.) (1988): Der Hexenhammer. Entstehung und Umfeld des Malleus maleficarum von 1487, Bayreuther Historische Kolloquien Bd.2, Köln
Segl, P. (Hg.) (1993): Die Anfänge der Inquisition im Mittelalter, Köln
Shahar, S. (1983): Die Frau im Mittelalter, Frankfurt a. M.
Shorter, E. (1974): Infanticide In The Past, History of Childhood Quarterly 1:178ff.
Shorter, E. (1975): Der Wandel der Mutter-Kind-Beziehungen zu Beginn der Moderne, Geschichte und Gesellschaft 1:256ff.
Shorter, E. (1977): Die Geburt der modernen Familie, Hamburg
Soldan, W. G.; Heppe, H. (1912): Geschichte der Hexenprozesse, 2 Bände, Hanau
Sprenger, J.; Institoris, H. (1983): Der Hexenhammer, München
Stehle, B. (Hg.) (1910): Thomas Platters Selbstbiographie, Frankfurt a. M.
Strauss, G. (1978): Luther's House Of Learning, Baltimore-London
Taylor, G. R. (1958): The Angel-Makers, London
Taylor, G. R. (1977): Kulturgeschichte der Sexualität, Frankfurt a. M.
Thomas, K. (1973): Religion And The Decline Of Magic, New York
Thomas, K. (1979): Die Hexen und ihre soziale Umwelt in: Honegger,C. (Hg.), Die Hexen der Neuzeit, Studien zur Sozialgeschichte eines kulturellen Deutungsmusters, Frankfurt a. M.
Trevor-Roper, H. R. (1970): Religion, Reformation und sozialer Umbruch, Frankfurt a. M.
Trevor-Roper, H. R. (1979): Der europäische Hexenwahn des 16. und 17. Jahrhunderts. In: Honegger, C. (Hg.), Die Hexen der Neuzeit, Studien zur Sozialgeschichte eines kulturellen Deutungsmusters, Frankfurt a. M.
Tuchman, B. W. (1982): Der ferne Spiegel. Das dramatische 14. Jahrhundert, München
Tucker, M. J. (1982): Das Kind als Anfang und Ende: Kindheit in England im 15. und 16. Jahrhundert. In: DeMause, L. (Hg.), Hört ihr die Kinder weinen? Eine psychogenetische Geschichte der Kindheit, Frankfurt a. M.
Ussel, J. V. (1979): Sexualunterdrückung. Geschichte der Sexualfeindschaft, Gießen
Vigarello, G. (1988): Wasser und Seife, Puder und Parfüm. Geschichte der Körperhygiene seit dem Mittelalter, Frankfurt a. M.
Weber, H. (1991): Kinderhexenprozesse, Frankfurt a. M.
Weber, H. (1996): »Von der verführten Kinder Zauberei«. Hexenprozesse gegen Kinder im alten Württemberg, Sigmaringen

Weber-Kellermann, I. (1975): Die deutsche Familie, Frankfurt a. M.
Weber-Kellermann, I. (1979): Die Kindheit, Frankfurt a. M.
Winnicott, D. W. (1976): Von der Kinderheilkunde zur Psychoanalyse, München
Wolf-Graaf, A. (1983): Die verborgene Geschichte der Frauenarbeit, Weinheim-Basel
Zacharias, G. (1970): Satanskult und Schwarze Messe, Wiesbaden
Zilboorg, G. (1941): A History Of Medical Psychology, New York
Zilboorg, G. (1962): Psychoanalysis and Religion, New York

Wenn Sie weiterlesen möchten...

Gerhard Schormann

Der Krieg gegen die Hexen

Das Ausrottungsprogramm des Kurfürsten von Köln.

„Dieses Buch gibt Anlaß, über manche Themen in historischer Perspektive gerade in Deutschland nachzudenken: Die Psychologie der Hexenverfolger – die ‚authoritarian personality' wird erkennbar – und die Machtlosigkeit der Verfolgungsgegner, die Willfährigkeit der Justiz und der Kirche, das Hineinschlittern ganzer Gesellschaften in ‚Extremsituationen' ... Gerhard Schormann hat ein wichtiges Buch zu einem wichtigen Thema geschrieben."
Frankfurter Allgemeine Zeitung

Gerhard Schormann

Hexenprozesse in Deutschland

Gerhard Schormann erläutert die intellektuellen und juristischen Voraussetzungen, beschreibt das Verfahren, das nahezu zwangsläufig zur Verurteilung führte, und stellt die Hexenprozesse in ihr soziales Umfeld. Wie kamen sie in Gang, wer waren die Opfer? Wann und wo haben Prozesse stattgefunden? Welche Bedeutung hatten wirtschaftliche und soziale Tatsachen, die demographische Entwicklung, das Geld? Welchen Anteil sozialpsychologische Faktoren und das geistige Klima der Zeit? Beispiele aus zeitgenössischen Quellen vermitteln eine Vorstellung von der Wirklichkeit der Hexenverfolgung, die überzeugend zu erklären bis heute nicht gelungen ist.

„Künftige Untersuchungen werden sich an Schormanns kritischen Fragen und aufgezeigten Perspektiven messen lassen müssen. So ist die Arbeit wertvoll als zusammenfassender Überblick und weiterführender Wegweiser zugleich." *Historisches Jahrbuch*

Susanne Stemann-Acheampong

Der phantastische Unterschied

Zur psychoanalytischen Theorie der Geschlechtsidentität

Die Freudsche Psychoanalyse hat die männliche Dominanz über Frauen aus der männlichen Anatomie erklärt, aus der körperlichen Vollkommenheit des Mannes und dementsprechend weiblichen Defizitgefühlen. Die Väter der Psychoanalyse haben den Phalluskult erneuert und mit einer sublimen Theorie versehen. Gelingen konnte ihnen das nur, weil sie ihre ureigene psychoanalytische Methode mit einiger Konsequenz auf das Phallus-Symbol selbst *nicht* anwandten.
Die Autorin verknüpft psychoanalytische Theorien zur präödipalen Mutter-Kind-Beziehung, zur Dynamik der Perversionen und des künstlerischen Schaffens, zum Übergangsobjekt und zur Symbolbildung zu einer neuen Perspektive. Die behauptete Überlegenheit des Phallus wird dabei als Fiktion durchschaubar, die gegen das Bild eines übermächtigen mütterlichen Ursprungs gesetzt worden ist.

Margarete Berger / Jörg Wiesse (Hg.)

Geschlecht und Gewalt

Aggression ist ein wesentliches Element der Sexualität. Wenn sie nicht durch Gesittung, Rücksichtnahme oder Instinktreste gezügelt wird, kann es zu verheerenden Gewalttätigkeiten mit bleibenden Folgen kommen – „Krieg der Geschlechter" ist dafür eher eine beschönigende Formulierung.
Die Autoren beleuchten die Ursachen der Gewalt in den Persönlichkeitsmerkmalen der Täter, sie untersuchen die Abhängigkeiten, in denen Gewalt erst möglich wird, und sie zeigen Möglichkeiten der therapeutischen Intervention bei den Opfern wie auch bei den Tätern. Auch das eigene Metier wird nicht ausgespart: Ein Beitrag nimmt Stellung in der Diskussion um die „Verführung auf der Couch".

Christa Rohde-Dachser (Hg.)
Über Liebe und Krieg
Psychoanalytische Zeitdiagnosen

Krieg ist ein Ausbruch deformierter psychischer Triebkräfte. Kriege nehmen ihren Verlauf, ihre Wendungen und währen ihre Zeit, wie es die Lust an der Destruktivität, auch der Selbstzerstörung, verlangt. Für die Zeitzeugen unfaßbare Entwicklungen erhalten so eine eigene Logik, wenn sie mit dem Instrumentarium der psychoanalytischen Triebtheorie betrachtet werden. Die absurdeste Verdrehung von Triebimpulsen und ihrer Abfuhr zeigt sich in der „Erotik des Krieges".
Angst und Macht spiegeln sich auch im Verhältnis der Geschlechter wider. Es gibt aber auch eine schöpferische Kraft der Liebe, die diese Destruktivität überwinden kann. Das Buch beschreibt Wege dazu, die Hoffnung wecken.

Christa Rohde-Dachser (Hg.)
Beschädigungen
Psychoanalytische Zeitdiagnosen

An ihren Konflikten zerbrechen Staaten, Freundschaften, Arbeitsbeziehungen, Familien.
Aber was macht aus Gegensätzen Haß? Was macht aus Unterlegenen Beschädigte für ihr ganzes Leben – und aus den Obsiegenden, bei Licht betrachtet, ebenfalls?
Namhafte Psychoanalytiker, die mit wachem, kulturkritischem Blick die Entwicklungen unserer Zeit verfolgen, spüren mit ihrem tiefenerschließenden Instrumentarium den Mechanismen nach, die den Umgang zwischen den Menschen so verhängnisvoll machen.

Helmut Puff (Hg.)

Lust, Angst und Provokation

Homosexualität in der Gesellschaft

Die „stumme" oder „namenlose" Sünde, wie im Mittelalter die Homosexualität genannt wurde, ist längst Gegenstand der Betrachtung und der öffentlichen Diskussion geworden. Die „sexuelle Revolution" ermöglichte es auch vielen Homosexuellen, ihr gleichgeschlechtliches Begehren positiv zu erfahren und auch zeigen und öffentlich ausdrücken zu wollen. Dann kam AIDS, und es hat den Anschein, als hätten Teile der Öffentlichkeit und der Medien nur darauf gewartet, aus einer tolerierten Minderheit eine „Risikogruppe" zu machen. Dieser Band rückt den Beitrag homosexuellen Lebens zur gesellschaftlichen Entwicklung und zu unserer Kultur in den Vordergrund – und die unbedachten Ängste, die dagegenstehen.

Udo Rauchfleisch

Schwule · Lesben · Bisexuelle

Lebensweisen, Vorurteile, Einsichten

„Die große Bedeutung des gesellschaftlichen Drucks für Entwicklung und Lebensweise von Lesben, Schwulen und Bisexuellen stellt der Psychoanalytiker Udo Rauchfleisch in den Vordergrund seiner Betrachtungen. Mit Einfühlungsgabe, Zartgefühl und Respekt – in der Fachliteratur eher selten anzutreffende Tugenden – nähert der Autor sich den Frauen und Männern hinter diesen sexuellen Klassifizierungen. Dabei räumt er mit Klischees auf ..., übt scharfe Kritik an subtilen und offenen Diskriminierungen der 'gleichwertig Anderen' auch in der modernen Psychoanalyse, und beleuchtet die frühkindliche Entwicklung dieser Menschen dezidiert unter nichtpathologischen Aspekten." *Psychologie heute*